에세이처럼 살고 싶다

에세이처럼 살고 싶다

발행일	2024년 5월 31일

지은이   김단비, 김혜련, 백란현, 변지선, 서한나, 오정희, 이은정, 이은희, 임주아, 최주선
펴낸이   손형국
펴낸곳   (주)북랩

편집인	선일영	편집	김은수, 배진용, 김현아, 김부경, 김다빈
디자인	이현수, 김민하, 임진형, 안유경	제작	박기성, 구성우, 이창영, 배상진
마케팅	김회란, 박진관		

출판등록   2004. 12. 1(제2012-000051호)
주소   서울특별시 금천구 가산디지털 1로 168, 우림라이온스밸리 B동 B113~114호, C동 B101호
홈페이지   www.book.co.kr

전화번호	(02)2026-5777	팩스	(02)3159-9637

ISBN   979-11-7224-124-7 03810 (종이책)   979-11-7224-125-4 05810 (전자책)

(주)북랩 성공출판의 파트너

북랩 홈페이지와 패밀리 사이트에서 다양한 출판 솔루션을 만나 보세요!

홈페이지 book.co.kr   •   **블로그** blog.naver.com/essaybook   •   **출판문의** book@book.co.kr

---

작가 연락처 문의 ▶ ask.book.co.kr

작가 연락처는 개인정보이므로 북랩에서 알려드릴 수 없습니다.

따뜻하게 날카롭게,
삶의 진실을 꿰뚫어 보는 법

에세이처럼 살고 싶다

김단비 김혜련 백란현 변지선 서한나 오정희 이은정 이은희 임주아 최주선 지음

북랩

라이팅 코치로서 네 번째 공저 집필에 도전했다. 함께 책을 쓸 코치들이 누구일까 설렜다. 공저자로 한 권의 책에 이름을 올리면서 작가로서의 인간관계도 넓어지는 것 같다.

제목과 목차를 확인하고 멍해졌다. 에세이처럼 살고 싶다니 큰일이다. 에세이를 구매만 하고 읽지 않았다. 책 안 읽는 거 들킨 것 같았다.

소장한 책 중에서 앞부분이라도 조금 읽었거나 읽을 예정이었던 책을 살폈다. 한 권을 고르면 집필할 목차와 맞지 않는 것 같았다. 또다시 고르면 책 내용은 좋지만, 나의 경험과 직접적인 연결고리는 찾기 어려웠다. 책 정리가 되어 있지 않는 내 방에는 책장에서 뽑아서 펼친 책으로 발 디딜 틈이 없었다. 이러다가 책을 깔고 자야 할 것 같았다.

잠시 멈추었다. 라이팅 코치는 글과 책을 쓰는 법을 안내하는 작가다. 작가에겐 읽기도 중요하고 성찰도 필요하다. 어떤 제목과 목차가 주어지더라도 거뜬히 써서 독자와 예비 작가에게 도움을 줄 사명이 있다. 그러면 지금 내가 해야 할 일은 책 읽기다. 정신없이 빼놓은 책 일부를 방구석에 밀어둔 후 몇 권의 책만 추려서 읽기 시작했다.

책을 펼쳐보니 각각의 책마다 처음 만났을 때의 순간이 떠올랐다. 평소에 책을 구매하면 배송받은 날짜, 구매한 계기 등을 써 둔다. 선물 받은 경우는 누가 준 것이라는 메모도 한다. 예를 들어 3월 첫 주에 배송받았다면 새 학기 시작하며 나에게 주는 선물이라고 써 둔다. 읽지도 않은 책이 우리 집에 온 지 2년, 3년이 지나 내 손에 잡힐 때도 있다. 배송 후 손길 한 번 주지 못했구나 싶어 책에 미안해진다.

에세이는 삶이다. 소장 책에는 내 삶이 보인다. 육아, 경제, 인간관계 등 시기별 고민했던 문제에 맞게 책과 나는 만났다.

공저 중에서 만만했던 집필 과정은 없었다. 한 사람당 네 개의 글을 쓴다고 해서 쉽게 썼다고 말한다면 작가로서 자질이 부족한 건 아닌가 생각해 본다. '지금' 쓰는 주제가 늘 최고로 어렵다. 왜냐하면 현재 진행형이니까.

책을 선정하고 나니 집필이 어느 정도 진행된 것처럼 쓸 내용이 선명해졌다. 그러나 꼭지별로 몇 줄씩 끄적이면서 또다시 고민이 시작되었다. 10명의 라이팅 코치가 각자 에세이 네 권씩 골라서 본인의 경험과 연결 지어 한 편씩 써나갈 텐데. 에세이 소개 문구와 책속 문장 한두 줄 인용에 대한 위치 통일되어야 하는 건 아닌가. 에세이는 내가 쓰고 있는 글의 어느 부분에 언급해야 할까. 형식 부분에서 헷갈리기 시작했다. 다 쓰고 생각해도 되는데. 앞서 나갔다.

어떻게 써야 하나, 어렵다, 에세이 책은 뭐로 정할까, 10명의 책 소개 스타일이 통일될까. 이러한 고민하는 동안 우리는 조금 더 성장한다. 집필 과정에서 궁금한 내용은 라이팅 코치로서 스스로 답해봐야 하기 때문이다. 장별로 써야 하는 주제는 통일되겠지만 에세이를 어느 부분에 어떤 형식으로 자신의 글에 넣을지는 코치마다 판단에 맡기기로 했다. 독자로서는 지루할 틈 없을 듯하다. 언제 책소개가 '짠'하고 나타날지 기대해도 좋다. 독자들은 한 권씩 추천 받는 기분이 들 것이다.

1장 「사는 게 힘들다 싶을 때」, 2장 「관계에 지칠 때」, 3장 「내 삶이라 고맙다」, 4장 「쓰러질 순 있어도 끝나지는 않는다」라는 목차로 10명의 작가가 에세이 한 권과 함께 본인 경험을 꺼냈다.

원고를 함께 쓰다 보니 IMF 시절 나도, 다른 작가도 어려운 가정경제 속에서도 버텼다는 점, 인간관계에서 지칠 때도 책이 위로되었던 점 등 공통점이 발견되었다. 자신의 이야기를 진솔하게 풀어낸 결과다. 집필 과정도 에세이처럼 살아냈다.

우리의 이야기는 독자에게 무엇을 줄 수 있을까. 독자에게도 쓸거리를 던져주는 책이었으면 한다. 어쩌면 독자는 이 책을 읽으면서 '에세이처럼 사는 중'으로 제목을 바꾸어 자신만의 원고를 모으고 있을지도 모르겠다. 멋지다. 우리의 에세이 소개와 경험이 독자에게 쓰는 삶을 추구하도록 돕는다는 사실이.

집필 기간 덕분에 에세이를 읽었고 작가들의 삶에서 나를 들여다보았다. 초고와 퇴고까지 마쳤다. 그리고 구매해 둔 책을 훑는 과정에서 1년 전에 우리 집에 온 에세이 한 권을 집어 들었다. 강은영 작가의 〈절망의 끝에서 웃으며 살아간다〉이다. 2017년에 출간되었지만, 나로선 첫 페이지 넘겼으니 신간이다. 제1장부터 눈물을 쏟았다.

"엄마가 사는 게 너무 힘들어서 그랬어. 미안해."

이 한마디가 작가와 나를 연결해 주는 것 같았다. 먹고 살기 쉽지 않았던 시절. 자녀를 사랑하는 마음이야 있었겠지만, 원하는 대로 해주지도 못했으며, 오히려 자녀에게 상처를 안겨준 부모님. 나이들어서 읽는 문장은 마치 나의 친정엄마가 내게 하는 말 같았다. 저자의 고단한 삶보다는 내가 그나마 순탄하게 살아온 것 같기도 하다. 이렇게 에세이는 나를 돌아보는 거울이 된다는 점. 공저 참여를 통해 깨닫게 되었다.

〈자이언트 북 컨설팅〉 이은대 작가가 자주 말하는 문장이 있다. "내 삶을 글에 담아 세상을 이롭게 하는 책을 펴낸다."

에세이를 읽으면서 이은대 작가의 사명이 깊이 와닿았다. 세상을 이롭게 하려면 때론 날카롭게 자신의 삶을 들여다봐야 한다. 그리고 글에 담아야 한다.

개인 저서 에세이 두 권을 출간했다. 교육서 쓰고 싶었는데 쓰다가 중도 포기했다. 내 이야기를 에세이에 담으면서 한 편으로는 글쓰는 능력이 부족해서 '에세이'라는 영역을 썼구나 하는 마음도 없진 않았다. 이번 공저를 통해 에세이야말로 작가의 삶을 간접 경험하고 인생 지혜를 얻을 수 있는 필독서이구나 하는 마음 가지게 되었다.

'따뜻하게, 날카롭게' 책을 읽으면서 독자들이 위로와 도전 얻기를 바란다. 한 권의 책을 읽지만 글 속에 녹아 있는 40권의 각기 다른 에세이도 읽은 것처럼 느껴질 것이다. 나와 독자 모두 책 속의 책을 더 찾아 읽을 것으로 예상해 본다.

에세이스트 **백란현**

제1장　사는 게 힘들다 싶을 때

제2장 | 관계에 지칠 때

제4장 쓰러질 순 있어도 끝나지는 않는다

제1장

사는 게 힘들다 싶을 때

노트북을 켜고 멍하니 앉아 있다. 어떤 글을 써야 할지, 책상 벽에 글감이 적힌 포스트잇을 보며 망설이고만 있다. 모든 글쓰기의 시작은 빈 페이지와 마주하면서 시작된다. 새하얀 한글파일을 바라보면 무한한 가능성이 펼쳐지는 듯하면서도, 아무것도 없는 공간이라는 두려운 세계도 동시에 느껴진다.

글을 쓰고 싶은 내 마음을 답답한 상황이 무거운 돌처럼 짓누른다. 무엇을 쓸지에 대한 부담이 점차 커지고 있다. 글감을 찾아 메모해 둔 수많은 종이를 살펴보지만, 그중 어떤 것을 어떤 것을 선택할지 망설여진다. '내가 이렇게 우유부단한 성격이었나?'하고 자책한다.

명확한 표현을 위해 여러 번 글을 작성했다가 지우는 일을 여러 번 거듭한다. 가끔 내게 '글은 이렇게 써야 해'라고 설명해 줄 누군가가 있었으면 좋겠다고 생각한다. 글을 쓰고 난 후 다시 읽어보면 감정에 앞서서 글을 쓸 때도 있다. '내가 하는 말이 다른 사람들은 이해가 될까?' 아리송하게 표현한 글들도 수두룩하다. '누군가 내 글을 읽어주지 않는다면 어떡하나' 하는 걱정이 마음 한 켠을 차지한다. 내 글이 비판받거나 무시될까 봐, 일어나지 않은 일들로 머릿속이 어지러워진다.

어둠에 빠진 마음을 위로하고자, 신유진 작가의 다양한 글을 읽는다. 그녀의 글은 소설과 에세이 사이에서 슬픔과 불행을 섬세하게 그려낸다. 내 감정을 다시 조명하고 싶을 때는 〈상처 없는 계절〉을 꺼내본다. 이 책을 통해 상처와 치유의 과정이 계절과 함께 어떻게 이루어지는지를 배울 수 있다. 글을 쓰는 나 자신이 초라해서 감정이 침체해 내려갈 때, 허무주의에 빠지곤 한다. 이럴 때, 신유진 작가의 조용한 위로가 나를 따스하게 감싸준다. 그녀의 책 속 문장들의 위로를 읽고 필사하며 마음의 짐들을 덜어 내본다.

> "생각해 보면 내 인생은 '절대'나 '반드시' 같은 결의에 찬 단어보다 '어쩌다 보니'가 훨씬 더 잘 어울린다. 좀 우습게 보일지 모르겠지만 괜찮다."(p.24)

글이 써지지 않을 땐 마음에 와닿는 문장을 이 책에서 필사한다. 그리고 내 견해를 한두 줄로 정리해 본다. 어느새 글을 쓰는 용기를 되찾고 키보드를 두드리며 글자가 하나씩 채워지는 과정을 경험한다. 내 감정과 생각이 저자의 글과 조화를 이루면, 마치 마법처럼 내 이야기가 글로 완성된다. 처음엔 빈 페이지의 막막함이 느껴지지만, 글쓰기의 새로운 도전이 신기하게 다가온다.

> "어두운 극장의 가장 어두운 자리. 사람들은 빛과 함께 공연이
> 시작된다고 생각하지만, 모든 등장인물은 그 어둠에서 출발한
> 다. 그곳을 뚫고 나와야 비로소 빛에 가 닿는 것이다."*(p.31)*

슬픈 감정, 우울한 감정 등으로 글이 가득 채워질 때가 있다. 내면 깊숙이 숨어진 감정들을 힘들지만 하나씩 꺼내본다. 깊은 상처와 마주하면서 써 내려간 글을 쓰린 가슴으로 바라본다. 이 과정은 꼭 필요하다. 어두운 자리를 무조건 외면하면 내 마음속 깊숙이 눌러앉은 그 감정이 불쑥 튀어나와 나를 힘들게 한다. 숨기고 싶은 아픔, 상처와 솔직하게 마주치게 된 건 이 글을 읽은 후였다. 할 일이 없는 날엔 소파에 누워서 리모컨을 이리저리 돌려 본다. 그렇게 하염없이 TV를 보고 있다가 보면 이 시간이 아깝게 느껴진다. 하지만 할 일이 없지 않은가? 그냥 누워있는 내 모습이 한심해서 한숨이 나오고 가슴이 답답하다. 움직이지 않는 나를 보면 어리석다고 생각한다.

'내가 그렇지 뭐'하며 정지상태의 내가 된다. 그 시간이 길어지다 보면 우울증이 찾아온다. 잠을 자도 악몽을 꾸고, 눈 뜨면 답답하다. 그 반복되는 시간을 보내다가 소파에 박차고 나온다. "왜 그렇

게 소파를 벗어나지 못할까?" 갑자기 궁금했다. 이 생각들을 한번 정리해 보았다. 소파에 눕는다. TV를 켠다. 무의미하게 시간을 보내다 자책한다. '언제부터 이런 일상이 되어갔을까?' 생각에 잠겨 적다 보니 잊고 있던 여름날의 한 장면이 갑자기 떠올랐다.

22살의 여름. 매일 주경야독으로 회사의 야근과 학교생활에 지쳐 쓰러지기 일쑤였다. 그러다 학교가 방학을 시작하고, 회사는 쉬었다. 꿀 같은 휴가가 찾아왔다. 3일 동안, 소파와 TV가 나에게 안식처가 되었다.

더운 여름날, 소파에 누워 에어컨 바람에 얼굴을 파묻고 밤새 못 보던 드라마와 영화를 즐기며 밤을 새웠다. 3일의 시간이 너무 아쉬워 주말마다 소파와 한 몸이 되어 몇 달을 보냈다. 그 행복한 기억이 떠오르며 몸이 고단할 정도로 힘든 날이면 내 몸은 소파를 찾는다. 아늑한 안식처에서 나의 몸과 정신을 맡기고, 마음을 푸는 휴식을 취한다. 소파가 주는 아늑함에 휩싸여, 무거운 일상의 짐을 한층 가볍게 여기며 몸과 마음을 놓아버린다. 그 달콤한 유혹에 굴복하면서, 어쩌면 삶의 부조리한 면들에 대한 무기력함도 함께 받아들인다.

그러나 그 소파에 앉은 채로, 잘못된 머릿속의 어둠에 관한 생각을 이겨 내려고 한다. '소파의 포근함'이 '소파의 게으름'으로 변해가는 모습을 지켜본 뒤, 거실 한가운데에 크고 단단한 테이블을 놓았다. 이렇게 소파가 주는 안식처의 역할은 더 이상 단순히 휴식 공간이 아니라, 창의적인 활동과 생산적인 시간을 보내는 곳으로 바뛰었다.

그리고 소파는 눕는 공간이 아니라 글을 쓰는 공간, 차를 마시는 공간으로 인식하였다. 그 뒤 소파는 안식처가 아니라 나의 일터가 되었다. 책 속 문장이 우울증의 강력한 치유의 수단이 되었다. 나를 이해하고 성찰하는 데 도움이 된 이 책은 힘들다고 투정을 부리면 찾게 된 책이 되었다.

이러한 자기 탐구는 때로는 고통스럽고 어려울 수 있다, 내면과 솔직하게 마주 하는 것은 나 자신을 보다 깊이 이해하고, 나아가 성장할 기회를 제공한다. 또한 어둠을 뚫고 나와 빛에 도달하는 순간, 글쓰기의 참된 가치와 의미를 깨달을 수 있다.

바바라 포어자머 〈나의 아프고 아름다운 코끼리〉는 독서 모임 '천하무적'에서 만난 책이다. 32회 오프닝 멘트 시간, 첫 번째로 지명되어 발표하게 되었다. 언제 이름이 불리어 발표하게 될지 떨림이 있는 시간이다. 횡설수설할까 걱정되어 미리 작성해 둔 메모를 읽었다. 혹시나 하여 준비했는데 유용했다. 종이에 쓴 것을 줌(zoom) 화면 가깝게 보여 달라 하였다. 적은 것을 읽는 것도 괜찮다고 했다. 발표에 대비한 태도가 좋다는 긍정의 말을 들었다. 자존감이 올라갔다. 발표를 미리 하여 마칠 때까지 긴장되지 않았다. 질문에 익숙하지 않은 두려움까지 안고 있지만 조금씩 적응하고 있다.

독서 모임 '천하무적'은 의식처럼 실천하는 과정이 있다. 오프닝 멘트, 쇼 호스트처럼 책 알기, 기억하고 싶은 문장 3개 선택하고 이유 적기, 소모임 토론, 독후 감상, 나의 어록, 한 줄 문장, 블로그

서평 올리기까지 이러한 과정을 한 달에 두 번 줌(zoom)으로 만난다. 회의나 모임에서 사회를 보고 강의도 하였다. 발표에 부담감을 느끼는 이유가 무엇일까? 잘하려고 하니까 그렇다. 비교하는 것 같아 두렵기 때문이다. 또 다른 이유는 책을 완독하지 않았다는 자신감 결여이기도 하다. 책을 완독하지 못하는 경우가 많다. 그럼에도 꾸준히 참여하고 있다. 다른 사람들의 독후 소감 듣는 것과 책의 내용을 핵심 정리해 주는 사부님이 있기 때문이다. 독서를 통해 내가 얻고자 하는 것과 나누는 것이 무엇인지 생각하는 시간이다.

〈나의 아프고 아름다운 코끼리〉는 바바라 포어자머의 첫 책이다. 오랜 기간 함께해 온 우울증을 '코끼리'로 비유하며 삶을 이어가는 고충과 희망을 이야기하고 있다. 책 표지에서부터 무게를 느껴버렸다. 읽기가 망설여졌다. 하지만 사부님이 선정한 책의 이유는 명쾌했다. 책의 작가는 우울증을 앓고 있다. 받아들인 것이다. 감기 같은 질병이다, 아프면 병원 가고 약 먹고, 괜찮으면 일상을 지낸다. 병인 것은 분명하지만 그 또한 '나'라는 특성 중의 하나이다. 살아가는 과정에서 나에게 이런 것이 있다는 삶의 처세에 관한 책이라 했다. 어찌하건 살아내겠다는 이야기이며 그사이에 살아내는 인생은 아름답다고 했다.

7명이 모인 소모임 독서토론은 삶의 체험과 느낌까지 들려주었다. 책 표지 이야기부터 달랐다. A는 코끼리와 작가가 나란히 앉아서 같은 창문을 보고 있다고 했다. 우울증을 마주하지 않고 나란히

가겠다는 뜻으로 해석하였다. B는 창문이 작아 주인공은 바다를 볼 수 없다. 좀 더 크게 그렸으면 좋겠다고 했다. 답답함이 전해졌다고 하였다. D는 간호사였다. 의자에서 일어나면 바다를 볼 수 있는데 벽만 보고 있다며 안타까워했다. 화병의 꽃을 희망, 아름다움으로 보았다. 코끼리 의자 아래 있는 종이비행기가 바닥 가까이 낮게 난다. 어찌하건 날고 있다는 데에 관심을 두었다. 이렇듯 책의 표지까지 살펴보는 방법도 각자의 느낌과 해석이 다르다. 무기력, 우울, 공허함 속에서도 오늘을 살아가는 법에 관한 책이다. 읽을수록 나에게 없는 듯 있는 우울증을 들키고 싶지 않았다. 다만 조금 불안정할 뿐이라고 안위했다.

가장 중요한 것은
감정을 치워버리거나 억누르는 대신
그 감정에 충분한 공간을 내어주는 것이다.
자신의 감정을 타인과 나눌 때
만들어지는 공간은 특히 중요하다.

(p.151) 감정에 충분한 공간을 내어줄 것

삼녀 일남으로 장손의 무게까지 잘 감당하고 있는 내 동생이 아프다. 2019년부터 망막색소변성증으로 점차 시력을 잃어갔다. 그동안 우리는 모르고 있었다. 무심했다. 첫째 조카의 암 재발과 둘째 조카의 암 발병으로 모든 신경이 한 곳으로 곤두서 있을 즈음이었다. 믿기 힘든 시간이 연속으로 다가왔다.

동생은 눈 검사와 치료를 하러 아내와 병원을 다니고 있었다. 또 다른 걱정을 끼칠까 입을 굳게 닫고 알리지 않았다. 초기 증상은 어두운 곳이나 밤에 사물을 잘 보지 못하는 야맹증이 나타난다. 갑자기 어두운 곳에 들어갔을 때 적응을 못 하거나, 해 질 무렵 외출할 때 문제가 발생한다. 어두운 실내 생활이 어려워진다. 질환이 점차 진행되면, 터널처럼 가운데만 보이고 시야가 희미해진다. 글을 읽지 못하거나 얼굴을 알아보지 못하게 된다. 망막색소변성증의 원인은 아직 밝혀지지 않았다. 유전자 이상에 의해 발병할 수 있다고 알려졌다. 시각 세포 내에서 빛을 전기 신호로 바꾸는 유전자에 결함이 생긴 것이다. 이 질환은 가족력이 있으면 발생 위험이 크지만, 가족력이 없는 사람 중에서도 돌발적으로 일어날 수 있다.

동생은 그저 시력이 안 좋다고만 이야기했다. 현관에서 신발을 못 찾을 때 눈치챘어야 하였다. 물건을 건네도 손에 쥐여 주지 않으면 엉뚱한 방향으로 손을 내밀었다. 어두운 곳에서 보이지 않는 정도로만 생각했다.

2022년 시각장애 1등급을 받았다. 27년 근무한 회사에서 퇴직하고 시각장애인 복지관에 다니고 있다. 처음, 시력이 나빠지면서 여러 겹의 깻잎절임 반찬을 한 장씩 못 떼어먹었다고 하였다. 여러 장을 먹으니까 너무 짜서 밥을 더 많이 먹었노라 했다. '앞으로 보이지 않는 내 인생도 이렇겠구나'라는 생각에 눈물을 삼켰다고 하였다. 복지관에 가니까 복지사들이 절인 깻잎을 하나하나 떼어서 밥 위에 올려주어 깻잎 사랑을 느꼈다며 말했다. 문자 의사소통법으로 점자를 학습했다. 점자 공부가 어렵다고 중간에 포기하는 사람들도 있다. 동생은 점자를 발명한 사람도 있는데 이것을 배우지 못한다면 말이 안 된다는 각오로 열심히 배웠노라 했다. 후천적 시각장애인으로 어둡고 긴 터널에 들어선 동생이다. 장애를 안고 있으면서 좋은 영향을 줄 수 있는 사람이 되고 싶어 한다. 신은 감당할 수 있는 시련을 주신다고 믿고 있다.

배우 송승환이 망막색소변성증으로 실명 위기를 겪고 있다. TV조선 예능 '송승환의 초대'에서 MC 진행을 맡았다. 그는 "답답할 건 없다"라며 "형체는 알아볼 수 있다"라고 하였다. 눈이 안 보이면 열심히 들으면서 하면 된다는 기사를 읽었다. 어둠의 무게를 동생은 신앙으로 버티고 있다. 신앙은 도약의 힘이다. 장애의 정글을 헤쳐 나가고 있다. 뿌리를 튼튼하게 하는 일, 불안과 마주하는 일을 그대로 받아내며 다시 일어나는 법을 배워가고 있다. 열정과 의지로 희망을 품은 동생 앞에 부끄러워질 때도 있다. 알뜰살뜰 보살펴 주는 올케도 고맙다. 곁에서 힘이 되어주는 일은 매주 교회에서 함께 예배드리는 일이다. 같은 시간을 공유하는 것만으로도 용기를 내길 바랐다.

바바라 포어자머는 가끔 행복했고 자주 우울했던 이들에게 인생의 어둠을 기꺼이 껴안고 삶을 살아가는 용기를 전했다. "작은 우울이 하루를 망칠지라도 인생까지 침범하지 않도록 일상을 지켜내기 위한 삶의 태도는 중요하다"라고 하였다. 나를 깔고 앉아있는 코끼리. 힘겨움이 삶을 덮칠 때 어쩌면 가장 중요한 건 지금 당장 삶을 살아가는 것인지도 모른다. 모든 상황에도 불구하고 말이다.

독서 육아가 나를 위한
읽기로 바뀌는 순간

백란현

셋째를 임신했다. 둘 키우면서도 생활은 쪼들렸다. 21평 임대아파트 월세는 2년마다 올랐다. 보증금을 더 내면 월세를 올리지 않아도 된다. 많지도 않은 보증금을 빼내어 생활비에 보탰으니, 월세는 더 많아졌다.

거실은 남편 수학 공부방으로 사용했다. 거실에는 컴퓨터용 책상 두 개와 학생 책상과 의자 여덟 세트가 있었다. 벽마다 5단 책장을 두었다. 미니멀 라이프를 위해 책을 몇 권 버리기도 했지만, 다시 주문하는 일은 반복되었다.

셋째를 언제 키우나. 돈도 시간도 없다. 체력은 받쳐줄까. 이사는 생각하지도 못했다. 출산 전에 필요 없는 물건이라도 버릴 생각이었는데 셋째에게 쓰일까 싶어 망설여졌다. 책 정리도 어려웠다. 버리거나 중고로 팔지 않고자 내 이름을 붙여둔 전집이다. 제값 다 주고

산 책을 헐값에 내놓는 것 자체도 용납할 수 없었다. 육아를 위해 빚내어 산 책이다. 돈은 나중에 줘도 되니 우선 책부터 가져가라는 전집매장 사장의 마케팅 때문인지는 모르겠다. 책 육아로 엄마 노릇은 한 것 같았다. 책은 독서 육아의 역사였다.

그림책만 놔두고 전집은 절반 정도 정리했다. 5단 책장 하나라도 빼는 게 공간 활용에 도움 될 것 같았다. 빈 책장에는 생활용품이 자리를 차지했다. 방바닥에 널브러진 물건은 정리되었다.

건강하게 순산할지도 염려되었고 휴가 3개월 지난 후 출근도 걱정되었다. 다 키웠는데 다시 처음으로 되돌아간 것 같았다. 첫째와 둘째 병치레도 잦았으니 셋째 육아는 낳기도 전에 긴장되었다.

인근에 도움받을 곳 없고 남편과 내가 아이 셋을 지켜야 한다. 수입이 불안정한 친정에서는 월급날마다 매달 몇십만 원씩 달라고 했다. 집, 생활비, 출산, 육아, 업무 등 모든 게 걱정의 연속이었다. 모든 상황을 결혼 전으로 돌릴 수도 없는 일. 육아휴직 대신 유축기를 챙겨 출근하는 나는 가장이었다.

꾸준히 했던 일이 하나 있었다. 그림책 읽어주기다. 활용하지 못한 그림책을 둘째 희진이와 함께 한 권씩 읽었다. 둘째에게 읽어준 그림책은 셋째 태교 동화가 되었다. 읽을수록 보지 못했던 그림이 보인다. 숨은 그림을 찾는 것 같다. 그림책 덕분에 잠시나마 걱정 내려놓았다. 걱정 가득한들 해결책이 나오는 것은 아니니까.

2005년부터 학교에서도 학생들에게 그림책을 읽어주기 시작했다.

학생들과 함께 읽는 그림책은 이야깃거리가 많았다. 아침에 읽어준 그림책이 1교시 국어 교과 수업에 연결되었다. 교과서 대신, 그림책 장면과 문장을 활용하였다. 교과서만으로 수업할 때보다 그림책을 활용하면 학생들도 평소보다 더 집중했다. 책 보는 재미를 느끼는 것 같았다. 사는 게 쉽지 않다고 느낄 때마다 학급에 집중했었다. 일은 걱정할 겨를 없게 해주었다.

2008년에 만났던 학부모가 자신의 저서 〈사춘기 엄마의 그림책 수다〉를 보내주었다. 저자와 깊은 대화를 해본 적은 없었다. 내 주변에 저자가 있다는 사실에 놀랐다. 좋아하는 일을 글로 쓰면 책이 나온다는 사실도 어영수 작가 덕분에 알게 되었다.

막내를 낳기 두 달 전에 책 좀 읽어야겠다 싶어서 〈사춘기 엄마의 그림책 수다〉를 꺼냈다. 어영수 작가는 나보다 그림책을 더 많이 가지고 있다. 어 작가는 책 때문에 넓은 공간으로 이사 간다고 했다. 소장 책 덕분에 새로운 책을 냈으니 어 작가는 소비자에서 생산자가 되었다.

집에 있는 그림책을 눈으로 훑어보았다. 낡아서 버렸고, 미니멀 라이프 실천한다고 폐기했던 그림책을 다시 중고로 구매한 기억도 되살아난다. 그림책 읽어주고 수업 중 활용했던 과정과 결과를 블로그에 써두고 싶다는 생각도 했다. 출간 작가가 되어야겠다고 바로 다짐한 것은 아니지만 그림책 읽어준 기록 외에도 생각을 덧붙이는 글도 남겨보겠다는 마음도 생겼다.

책 속에는 〈돼지책〉을 언급한 부분이 나온다. '가족' 주제로 수업할 때 활용되는 책이다. 남편과 아들 두 명은 밥 달라는 말만 자주 한다. 엄마는 식사 챙긴 후 설거지하고 정리한 후 다음 날 먹을 반찬도 만든다. 엄마의 가사 노동이 힘들었는지 어느 날 엄마는 집을 나간다. 남편과 두 아들은 굶지는 않았다. 음식은 찾아서 먹지만 설거지, 빨래 등은 하지 않았다. 책 속 남편과 두 아들은 지저분한 돼지로 변해버렸다. 마지막에는 아내이자 엄마에게 '제발 돌아와 주세요'라고 사정한다. 엄마에게만 몰리는 집안일 이야기를 꺼내기 좋은 책이다. 〈사춘기 엄마의 그림책 수다〉에서는 생각을 뒤집는다.

'엄마에게 무릎을 꿇고 돌아와 달라고 간청하는 남편과 아이들
은 엄마를 괴롭힌 게 아니라 사실은 엄마의 희생자일지도 모른
다는 생각이 들었다.'

라는 문장을 읽으면서 긴장이 되었다. 책에서는 가족을 위한 엄마의 과한 챙김이 아빠와 두 아들에게 스스로 챙길 기회를 주지 않았다고 밝혔다. 같은 그림책도 다른 관점으로 읽으면 새롭게 기록할 내용이 보였다. 어영수 작가가 두 아들을 키우면서 활용한 그림책을 소개하고 아이와 부모가 함께 읽을 수 있도록 가이드해 준 〈사춘기 엄마의 그림책 수다〉. 셋째를 어떻게 키워야 할지 막막했던 나에게 걱정하지 말라고 말 걸어주는 것 같았다. 제시된 그림책도 찾아 읽으니, 저자와 수다를 떠는 것 같았다. 그림책 수다는 흘려버리

는 시간이 아니라 위로받는 기회였다.

아이들을 책으로 키우기 위해 독서 육아를 시작했다. 책을 구매했고 택배를 기다렸다. 받은 책을 책장에 꽂으면서 뿌듯했다. 기쁨을 누리기 위해 투자한 책값은 생활 빚에 보태어 할부 인생을 이어가게 했다.

셋째를 키우게 되면서 그동안 사둔 책을 정리하지 않아 다행이구나 싶었다. 책을 활용하겠다는 마음에 셋째와의 독서 육아가 기대되기도 했다. 선물이(태명)가 태어나기도 전에 블로그에는 셋째를 위한 카테고리를 만들었다. 아이들 독서 육아가 나를 위한 길이 될 수도 있겠다는 확신이 들었다.

아이들은 자랐다. 지금은 초, 중, 고에 한 명씩 다니고 있는 세 자매 덕분에 전 연령에 활용할 수 있는 도서 목록을 파악하고 있다. 그림책과 동화책을 찾는 이들에게는 일일이 추천도 해본다. 아이들을 위한 독서를 내 것으로 여기기로 했다. 내가 먼저 책 읽고 재미를 붙이면 아이들은 엄마가 무슨 책 때문에 재밌어하는지 궁금해할 것이다. 책을 매번 주문하고, 집뿐만 아니라 교실도 서재가 되도록 책을 꽂아두었다. 아이 셋 키우는 일로 걱정했는데 독서 육아가 나만의 '책 쓰기' 시작점이 되었다.

지금은 셋째 낳고 두 권의 개인 저서를 출간한 작가가 되었다. 〈사춘기 엄마의 그림책 수다〉 어영수 작가의 출간과 선물 덕분이다.

감정이 오락가락했었다. 어느 날은 생명을 품고 키운 내가 기특하고 기뻤다. 이유를 알 수 없는 불임도 있다고 하는데, 그 상황보다는 아이 셋 엄마로서 감사해야 한다며 다독였다. 그러나 기분이 가라앉을 때는 내가 뭐라고 셋이나 낳아 고생하나 싶었다.

이러한 감정 기복도 그림책 읽는 시간 덕분에 마음이 편안해졌다. 지금, 사는 게 힘들다고 느낀다면 그림책 한 권으로 잠시 숨 좀 돌려보기를. 삶이 버거울 때 징징거리는 시간 대신 그림책 한 권 펼쳐 보려고 한다.

'어쩌면 취미가 없는 사람이 진짜 어른일지도' 이 한 문장 때문에 책을 샀다. 만화 〈보노보노〉를 소재로 한 에세이 〈보노보노처럼 살다니 다행이야〉는 변변한 취미라곤 없는 나를 위로해 준다. 목표를 세우면 반드시 달성하려고 애쓰던 뾰족한 마음이 동글동글해진다. 인생, 직진만 있는 건 아니다.

학창 시절, 새 학년이 시작되면 생활 기록부를 제출했다. 빼곡한 칸에 가족관계는 필수였고, 나에 대해서 낱낱이 적어야 했다. 그 많은 칸 중에서 취미와 특기라고 쓰인 빈칸을 채우려 할 때마다 머리가 복잡했다. 한참 동안 내 취미가 뭔지, 내가 잘하는 게 뭔지를 억지로 생각했다. 자랑스럽게 내세울 만한 것이 없다는 생각에 난감했다. 그래도 초등학교 저학년 때는 피아노와 미술학원 다녔기 때문에 피아노와 미술을 적었다. 피아노는 적성에 맞지 않았고, 그려놓은 그림은 다른 아이들에 비해 뛰어나지 못했다. 그래도 취미 칸에 적었다. 아버지의 사업이 잘 안되던 4학년 겨울방학부터는 학원을 못 다니게 되었다. 5학년 때부터는 피아노와 미술을 쓰지 않았다. 초등학교 6학년 때 학교 백일장에서 교장 선생님께 우수상을 받은 적이 있었다. 한동안은 '글짓기'를 특기로 우려먹었다. 중학생 때는 '그냥' 독서라고 썼다. 그렇게 특별난 취미와 특기가 없었던 학생이었다.

"취미란 노는 거야. 어른이 '논다'라고 하면 멋없으니까 취미라고
부르는 것뿐이야."
"도움이 안 되는 것이어야 취미라고 할 수 있어."

보노보노의 친구들이 내린 취미에 대한 정의다. 내가 생각하던 취미의 정의는 '고상하고 멋있게 보이는 것'이었다. 나이가 들고 삶에 여유가 생겼다. 플루트연주와 배드민턴, 요리 세 가지를 취미로 만들기로 했다. 악기 하나 정도는 다룰 줄 아는 여자, 배드민턴 같은 운동 동호회 한 개 정도는 가입하고, 요리 교실에서 배운 파티 음식을 집들이나 생일파티에 한 상 떡하니 차려 낼 수 있는 엄마를 꿈꿨다. 나를 몰라도 너무 몰랐다. 비싸게 주고 산 플루트를 가지고 간 학원에서 플루트는 만져보지도 못하고 악보 읽기만 배웠다. 한 달 후 플루트를 입에 대고 불었다. 약한 기관지 때문에 플루트 소리가 안 났다. 3개월도 안 되어 그만뒀다. 배드민턴은 재미있었다. 엘

보로 두 달 동안 병원 치료를 받기 전까지는 말이다. 배드민턴 채는 10년 넘게 신발장 맨 위에 있다가 최근에 이사하는 날 버렸다. 음식 솜씨는 처음부터 젬병이었다. 악기, 운동, 요리는 포기했다.

'취미는 노는 거'라는 보노보노 친구들의 정의 대로라면 나는 언제나 놀고 있었다. 등산 가서 놀았고, 주말이면 온천천이나 수영강변, 부산의 명소인 해운대와 광안리 바닷길을 서너 시간씩 걸어 다니면서 놀았다. 코로나 시기에는 방탄소년단 BTS 팬클럽인 '아미'들과 온라인 공연을 즐기면서 국제적으로 놀았다. 그러고 보니 항상 취미생활을 하고 있었다. 인생에 별 도움이 안 되는 것들을 하고 있었다. 오히려 취미 부자였다.

2022년 12월, 자기 계발 공부를 시작했다. 아침에 일어나면 인생 목표와 그날 할 일을 적었다. 최종 목표와 중간목표, 그리고 세부적인 목표를 30개 썼다. 세부 목표와 중간목표가 갈수록 늘어갔다. 매월 10권의 책 읽기, 영어 회화책 한 권을 씹어 먹겠다, 5년 안에 서울 강남 30평대 아파트 집 주인이 되기, 3년 안에 검은색 테슬라 자동차 사기, 2024년 초고 완성 후 연말까지 종이책 작가 되기 등 남들이 들으면 웃을지도 모를 목표를 매일 적었다. 1년 동안 목표 달성을 위해 이것저것 배웠다. 소위 말하는 '프로 수강러'가 되었다. 해야 할 과제도 많아졌다. 급한 직장 일과 겹치면 스트레스였다. 짜증이 났다. 책 30분 읽기도 못 할 때가 많았다. 발췌독으로 대충 책 읽고는 목표 권수를 맞추기도 했다. 머리에 남는 건 별로 없었다.

블로그 글쓰기도 대충 했다. 부담감이 심해진 날, 다 포기하고 싶었다. '까짓거 이렇게 안 해도 아무도 뭐라 하지 않는데, 목표고 뭐고, 다 포기해?' 그냥 놀기만 하던 때로 돌아가고 싶었다.

"어른이란 모든 걸 스스로 힘으로 결정할 수 있는 사람이기도 하지만, 아무것도 하지 않기를 결정할 수 있는 사람이기도 하다." 보노보노와 포로리의 대화에서 작가가 내린 결론을 읽고 머리가 맑아졌다. '해야 할 일'에서 '잠시 하지 않기'를 결정했다. 3월 말, 필리핀 세부로 가는 비행기표를 끊었다. 4박 6일 동안 스쿠버다이빙을 배우러 갔다. 수영도 할 줄 모르면서 다이빙이라니. 무작정 비행기표를 끊고, 세부 다이빙센터 오픈워터(초급) 자격 과정을 결재했다. 3일 휴가를 냈다. 모든 걸 덮어놓고 김해공항으로 갔다. 토요일 밤 9시 비행기를 탔다. 세부 현지 시각 새벽 1시. 픽업 온 차를 타고 숙소로 갔다. 낯선 곳, 혼자만의 방이 꽤 마음에 들었다. 숨통이 트이는 느낌.

아침 9시부터 다이빙 오픈워터 자격증 과정을 배웠다. 바다에 들어가기 위한 다이빙 방법과 호흡법, 바닷속에서 자신을 지킬 수 있는 안전 교육을 받았다. 11 킬로그램의 공기통을 메고, 부력 조절하는 BCD(Buoyancy Control Device) 조끼를 입었다. 처음 접한 다이빙 용어는 생소했고, 입으로만 숨을 쉬어야 하는 상황이 무서웠다. 정해둔 목표와 현재의 강박에서 벗어나고 싶어 무작정 왔는데, 숨을 제대로 쉬지 못해서 죽을까 봐 걱정되었다. 셋째 날부터 내 호흡에 집중할 수 있었다. 늘 숨을 쉬고 살지만 이제야 깊게 호흡하는 법을 배웠다. 얇고 빠른 호흡은 부력 조절이 안 된다. 몸이 오르락내리락했다. 후~ 내쉬는 숨에 공기 방울이 수면 바깥으로 올라간다. 마음이 평안해졌다. 숨 쉬는 것 외에 아무 생각도 하지 않았다. 갑자기 시야가 확 트였다. 산호초가 보이고, 내 바로 옆에서 헤엄치고 있는 거북이도 눈에 들어왔다. 애니메이션 영화에서 봤던 주황색 줄무늬 '니모'도 고개 돌려 볼 여유도 생겼다. 다른 생각은 나지 않았다. 분신처럼 끼고 살던 휴대폰도, 목표 달성을 위해 뭔가를 계속 해야 한다는 강박도 잊었다. 아침 명상할 때 그렇게도 안 되던 호흡에만 집중하기가 가능했다. 힘들 때, 욕심이 가득 찰 때, 그것들에서 잠시 벗어나 내 호흡 소리만 들을 수 있는 시간이 필요했다. 보노보노의 친구들 말처럼 도움 안 되고, 누구에게도 내놓고 자랑할 수 없는, 깊게 호흡하면서 삶을 조절할 수 있는 취미가 생겼다.

새벽 7시, 김해공항에 도착했다. 사무실로 바로 출근했다. 3일 동안 밀린 일 처리를 위해서다. 힘들지 않았다. 업무 외에 스스로 벌여놓은 일들도 우선순위를 정해 하나하나 정리해 나갔다. 블로그 1포, 책 읽기, 독서 모임에서의 발제문 만들기, 평생교육사 수업 듣기. 깊게 호흡하면서 하나하나 완성했다. 숙제처럼 해치우려고 했던 일들이 새로운 재미로 다가왔다. 깊게 호흡하듯이 느긋하게 꾸준히만 하면 되었다. 조금 돌아가도 된다. 인생 길다. 들숨과 날숨, 깊은 호흡에만 집중해서 내 몸과 마음을 바라볼 수 있었던 바닷속 4일의 일탈. 남은 삶이 더욱 소중해졌다.

초등학교 5학년 여름, 창문을 열어뒀습니다. 집 앞이 중학교입니다. 야구부가 있어, 운동하는 소리가 창문으로 들어옵니다. 창밖을 내다보았습니다. 아빠가 보입니다. 우리 집 건물 1층은 아빠 가게입니다. 모르는 아저씨 두 명이 아빠 옆에 서서 이야기하고 있습니다. 집 앞 골목에는 우리 차 녹색 무쏘가 주차되어 있습니다. 이야기하던 아저씨들이 무쏘를 타고 갔습니다. 차를 왜 가져가는지 궁금했습니다. 무슨 일인 줄 알 도리는 없었지요. 엄마에게 물어보지 않았습니다. 얼마 후 엄마는 이사해야 한다고 했습니다. 갑자기 이사라니 놀랐습니다. 유치원 때부터 살던 동네입니다. 친구들이랑 헤어지기도 싫었지요. 여름방학입니다. 친구들에게 인사도 못 했습니다. 요즘처럼 휴대전화나 메신저가 있던 때가 아니었으니까요.

안양으로 이사했습니다. 이사를 간 집은 동이 두 개인 소규모 아파트 상가였습니다. 1동과 2동 사이에 놀이터와 상가가 있었지요. 전학한 학교에서 아이들이 어디 사는지 물어볼 때 난감했습니다. 어디라고 말해야 할지 모르겠더라고요. A 아파트는 아니었지요. 아파트 안 상가에 산다고 하면 말이 길었습니다. 말뜻을 이해 못 하는 친구도 있었고요. A 아파트에 사는 반 친구와 같이 집에 돌아오는 길. "아파트도 아니고, 왜 이런데 살아?"라는 말에 얼굴이 빨갛게 달아올랐습니다. 뭐라 할 말이 없었지요.

6개월 후 A 아파트 상가에서, 대림동으로 이사했습니다. 일 년 반 정도 살고, 영등포동으로 옮겨야 했습니다. 건축업 하는 아빠. 일하고 수금하지 못했습니다. 상대방은 공사대금을 줄 수 없어, 아빠가 공사한 집에서 살라고 했습니다. 학교 전학을 말하는 엄마. 또 전학해야 한다니 싫었습니다. 버스로 30분 거리. 전학 가지 않고 버스를 타고 학교 다녔습니다.

엄마가 생선 장사를 시작했습니다. 중학교 2학년. 학교를 마치고 나면 동생을 데리러 가야 했습니다. 여덟 살 차이 나는 남동생입니다. 동생은 집 근처 어린이집에 다녔습니다. 종일반이었지요. 학교 마치면 친구들과 학교 앞에서 모입니다. 떡볶이 먹으러 분식집에 갑니다. 영등포 지하상가에 놀러 가기도 하고요. 한창 재밌어질 때, 집에 가야 합니다. 아쉽습니다. 더 놀고 싶지요. 학교가 늦게 끝나는 날은 마치자마자 집으로 갑니다. 친구들 놀 때 계속 빠지게 됐습니다. 다음 날, 전날 놀았던 얘기를 하면 무슨 일이 있었는지 몰랐습니다. 대화에서 소외됐습니다. 어느 순간 보니 따돌림을 당하고 있더라고요. 은은하게 따돌리는 그 행동을 알면서도 모르는 척 어울렸습니다.

영등포 청과시장 골목에 있는 어린이집. 도착해 보면 동생 혼자 놀고 있습니다. 맞벌이가 흔치 않던 시절. 종일반이어도 여섯 시까지 맡겨두지 않기 때문이었죠. 어린이집 골목이 복잡합니다. 과일이나 식료품 도매가게가 줄지어 있습니다. 가게 밖으로는 물건들이 길가에 상자째로 쌓여있습니다. 화물차도 드나들고, 지게차도 다닙니다. 동생을 안거나 업어 집으로 갑니다. 골목을 지나가면 일하는 아저씨들이 한마디씩 합니다. 애가 애를 업고 다닌다고. 저에게 네 아들이냐고 묻기도 하죠. 지나다닐 때마다 참견하는 소리, 듣기 싫었습니다. 평소보다 빠르게 걷습니다. 집에 와서 동생 챙깁니다. 세수하고 옷 갈아입혔습니다. 밥을 지어, 동생과 함께 먹습니다. 엄마, 아빠 기다리면서요.

그 뒤로도 2년마다 이사했습니다. 사는 게 어렵다고 느꼈습니다. 중학교 국어책에 '이상'이라는 작가가 나옵니다. 글이 좋아 작가에 대해 검색해 봤습니다. 스물일곱 살에 요절했다는 것을 알았습니다. 그때부터 꿈은 요절이었습니다. '나도 이상처럼 스물일곱 살에 죽어야지'라고 속으로 입버릇처럼 말했습니다. 원래 활달한 성격이었습니다. 죽어야겠다고 생각하니, 재미있는 일이 없었습니다. 말이 줄기 시작했습니다. 주변 눈치도 살피게 됐습니다. 공부도 흥미를 잃었습니다. 공부 습관 없다 보니, 진득하게 앉아 공부하지 못했습니다. 대학도 간신히 갔습니다. 무엇 하나 잘하는 게 없다고 생각했습니다. '내가 그렇지 뭐'라고 자책할 때 많았지요.

　장애인주간보호센터에서 첫 직장생활 시작했습니다. 일할 때 부족한 부분 챙겨주는 K 선배가 있어 배울 수 있었습니다. 선배가 칭찬해 줄 때마다 기뻤지요. 일이 만족스러울 때는 마음속으로 환호했습니다. 잘 안될 때도 있었지요. 속상했습니다. 무슨 마음이었는지, 해봐야겠다고 생각했습니다. 예상치 못한 칭찬에 기분 좋았나 봅니다. 직장에서 하고 싶었던 장애 청소년 직업교육 업무를 맡았습니다. 그 후에 가고 싶었던 장애인복지관에 자리가 나서 이직했습니다.

　이직한 직장에서 맡은 업무가 좋았습니다. 처음에는 일이 어려웠습니다. 일이 손에 익으니 어떻게 해야 할지 머릿속으로 그려졌습니다. 자신감이 생겼습니다. 느껴본 적 없는 기분이었지요. 같이 일하는 동료도 좋았습니다. 자기 일 열심히 하는 동료였습니다. 옆에서 열심히 하니 같이하게 됐습니다. 조금만 노력하면 된다는 선배 말이 이해되었지요. 이 계기로 프레젠테이션, 스피치, 글쓰기 등 업무에 필요한 것을 배웠습니다.

　2020년에는 독서법을 배웠습니다. 그간 무언가를 배울 때와 달랐습니다. 모든 게 새로운 기분이었습니다. 매일 세 시에 일어나 책 읽고 공부했습니다. 갑자기 열심히 하는 저를 보고, 엄마는 말했지요. 학교 다닐 때 공부를 이렇게 했으면 서울대 갔을 거라고요. 한 카카오톡 오픈 채팅방 이름을 봤는데 '인생 역전 공부방'이었습니다. '인생 역전'이라는 말이 좋았습니다. 제대로 살지 못했다고 느끼던 인생. 이제라도 잘 살고 싶었지요. 극적으로 바뀌고 싶었습니다. 하지만 변화는 더뎠습니다.

정체기라고 생각하던 2022년 가을, 이은대 작가의 〈작가의 인생 공부〉에서 이런 문장을 발견했습니다. '인간 본연의 존재 이유는 확장이지요. 더 나은 삶을 향해 나아가면서 온갖 경험을 하고 그런 경험을 통해 배우고 성장하는 과정이 곧 인생입니다.'

'인생 확장'이란 단어가 보였습니다. 그간 고민해 오던 변화에 대한 답이라고 생각했습니다. 확장을 생각하니 마음이 편했습니다. 자기 계발하면서 처음에는 중심 잡기가 어려웠습니다. 배워야 할 것이 많았습니다. 아는 것이 생기니, 바라는 게 많아집니다. 반면 현실의 나는 초라하게 느껴졌습니다. 바뀐 것 같다가도, 변화하지 않은 모습에 실망할 때도 있었지요. 성과가 없는 것 같아 조급했습니다. 책을 읽고 내 인생을 바라보는 시각이 넓어지는 계기가 됐습니다. 극적인 변화보다 내 삶이 조금 더 나아지고 있는 것에 집중할 수 있었습니다. 내게 일어나는 모든 일이 쓸모 있는 경험이라고 생각하니 가볍습니다. 삶을 1,000조각 퍼즐이라고 생각해 봤습니다. 하나라도 빠지면 그림이 완성되지 않습니다. 모든 경험이 의미 있습니다. 잘하는 것도, 부족한 것도 모두 나의 한 조각입니다. 오늘도 한 조각을 맞춰봅니다.

세상에서 가장 나이 많고 지혜로운 철학자, 나무. 30년 동안 나무 의사로 살아온 〈나는 나무에게 인생을 배웠다〉의 우종영 저자는 인생의 어려운 질문에 부딪힐 때마다 나무와 숲에서 해답을 얻었다고 한다. "세상 그 무엇에게도 해를 끼치지 않고, 존재 자체로 작은 평안을 가져다주며, 척박한 환경에서도 단단하게 뿌리를 내려 지금, 이 순간을 최대치로 살아내는 나무들. 나무가 주는 힘을 믿는다"라고 한다. 이 책을 읽으면서 나도 인생을 나무처럼 단단하게 살아갈 수 있는 마음을 가졌으면 하는 생각을 해본다.

동네 산책길에서 만나는 나무, 자유로를 달리며 보는 가로수, 서원의 사당을 지키는 나무. 오래된 나무에 새겨진 시간의 흔적들, 긁히고 패인 자국들이 특별한 아름다움으로 다가온다. 단단하게 자리를 지켜 온 나무의 모습을 멍하니 바라보는 습관이 생겼다. 언제나 같은 모습인 듯 보이는 크고 작은 나무들, 그 나무에 감정이입이 되면서 종종 '나무 멍'을 한다. 그냥 지나치지 못한다. 세상에 존재하는 어떤 거목도 처음 시작은 작은 씨앗이듯이 우리의 모습과 닮았다는 생각이다. 싹을 틔우는 씨앗의 기적은 하늘을 향해 첫발을 내딛으려는 용기 있는 기다림의 결실이다. 나 또한 작은 씨앗이 캄캄한 흙을 뚫고 세상 밖으로 나오듯, 새로운 시작에 용기를 내본다.

고목. 오랜 세월을 살아온 흔적, 잎이 풍성하지도 않고 줄기가 곧지도 않다. 가지는 꺾이고 비바람에 구멍 난 줄기를 보고 또 본다. 꺾이고 뒤틀리고 구멍 난 상처투성이 죽은 듯 보이는 나무지만 해마다 새잎을 틔우는 것을 보면 새롭다. 누군가는 그런 나를 보면서 나이 들었다는 증거라며 놀렸다. 오래 산 나무들이 견뎌온 시간, 어떠한 상황에서도 환경을 탓하지 않고 넉넉하게 품을 내어주며, 당당하게 살아가는 나무들을 보면서 그 강인한 생명력을 닮고 싶은 마음이 차오르는 것을 느낀다.

겨우내 앙상한 빈 가지로만 보이던 나무에도 봄기운이 느껴지는 요즘이다. 꽃망울을 잔뜩 피워낸 목련 나무, 연분홍빛 꽃잎이 화사한 벚꽃 나무, 나뭇가지마다 연초록 작은 잎들이 봄바람에 살랑인다. 한겨울엔 상상하지 못했던 풍경이다. 지금이 힘들다면 그것은 곧 좋은 날이 올 것이라는 희망과 기대를 갖게 하는 계절이다. 겨울이 지나면 봄이 오듯 우리의 삶이 지금 한겨울이라면 머지않아 봄

날을 기대해도 되는 이유가 되지 않을까? 마음이 답답하고 불안할 때 나는 가끔 제2 자유로를 달려 임진강이 보이는 작은 사찰을 찾는다. 길을 나섰다는 것 자체만으로도 이미 걱정은 사라진다. 오고 가는 길에 만나는 가로수와 산사에서 마주하는 300년이 넘은 고목, 느티나무를 본다. 울퉁불퉁 튀어나오고 패인 두꺼운 나무줄기를 보면서, 상처와 아픔 없는 거목이 있을까? 라는 생각도 해본다. 시간이 전해 주는 묵직한 든든함과 멋스러움을 느끼는 나무를 우러러 본다.

책에는 청계산의 소나무와 태백산의 주목 나무 이야기가 나온다. 미래를 걱정하느라 오늘을 희생하는 사람이 있다면 청계산의 소나무를 떠올려 보라고 한다. 소나무는 내일을 걱정하느라 오늘을 망치지 않고, 방향을 바꾸어야 하면 미련 없이 바꾸며 자리를 지킨다. ㄷ자 모양의 우스꽝스러운 모습이지만 본받아야 할 삶의 자세이지 않을까? 내일을 의식하지 않고 오직 오늘에 최선을 다한 소나무. 천수천형(千樹千形), 천 가지 나무에 천 가지 모양이 있다는 뜻이라고 한다. 매 순간을 생의 마지막처럼 최선을 다한 노력의 결과다. 나무의 선택은 언제나 '오늘'이다. 미래는 알 수 없다. 오늘이 전부인 것처럼 온 힘을 다해 지금, 이 순간에 집중하는 나무를 본다. 나무는 내일을 걱정하느라 오늘을 망치지 않는다.

나는 충만한 오늘을 살려고 노력한다. 매일 매일 조금 더 나은 오늘을 만들려고 애쓴다. 멋있게 나이 들어가는 모습을 그리며 어떻게 살아야 할지, 태백산의 주목 나무를 떠올려 본다. 살아서 천 년, 죽어서 천 년을 간다는 오래된 주목 나무가 만들어 낸 공간. 속이 비었다고 쓰러지는 것은 아니다. 수백 년을 지탱해 온 뿌리의 힘으로 버티며 상처가 남긴 공간을 작은 들짐승과 곤충들의 보금자리로 내어준다. 나무의 공간은 늙고 병든 상처의 흔적이다. 나무는 아픔을 이겨내고 작은 생명들을 품는다. 주목 나무 이야기는 나이 든 사람의 자세를 생각하게 한다. 주목 나무가 비어 있지 않았다면 한겨울 추위에 작은 들짐승과 곤충들을 품을 수 있었을까? "그릇이 비어 있어야 쓸모가 있듯, 비어 있음이 유용하다."는 노자의 말처럼 물러나야 할 때 잘 내려놓고 빈자리를 내어 넉넉하게 품을 수 있는 마음을 가져야겠다.

오늘도 지나는 길에 나무를 본다. 가지가 꺾인 어린나무가 눈에 들어온다. 살다 보면 넘어지고 상처가 생기는 때도 있다. 어떻게든 버텨야 하는 순간이다. 한때 아무것도 할 수 없었던 시간이 있었다. 자신감은 사라지고 불안은 커져만 갔었다. 그럴 때 험난한 산꼭대기 바위틈에서도 뿌리를 내리고 매해 싹을 틔워내는 나무 이야기가 내게 용기를 주었다. 주저앉아 포기하는 일은 하지 말라고 말해주는 것 같았다. 그렇게 버티고 견뎌온 시간이다. 그래서 나는 나무가 좋다.

이젠 내 삶의 이야기로 인생 2막을 준비하는 사람들에게 함께 나아가자고 용기와 희망을 전한다. 포기하지 않으면 최고의 기회가 찾아온다고. 믿음과 노력 외에 우리 인생을 책임질 수 있는 것은 아무것도 없다. "좋은 일은 믿음을 가진 사람에게 찾아오고, 더 좋은 일들은 인내심을 가진 사람에게 찾아오지만, 최고의 일은 포기하지 않는 사람에게 찾아온다"라는 말을 믿는다. 내게 주어진 오늘 하루에 최선을 다하는 이유다.

이젠 나의 아픔을 감사히 품고 누군가에게 위로를 건넬 수 있는 향기를 지닌 사람이 되고 싶다. 백리향은 '향기'와 '용기'라는 꽃말을 지닌 나무다. 깎아지른 듯한 험한 바위틈에서 자라면서도 향기와 용기를 잃지 않는 당당함이 좋다. 나 또한 나만의 향기와 용기를 지닌 내가 되기를 희망한다.

나는 나로 살기로 했다

이은정

'진짜 공부'를 했다. 대학생이 되어서야. 1교시 수업 전에 외국어 수강, 매주 목요일 저녁엔 'Thursday night' 영어모임, 다양한 공모 전 참가 및 자격증 취득, 정기적인 봉사활동, 중앙도서관에 자리 차 지하고 앉아 공부하다 귀가하기를 반복. 막차를 여러 번 놓칠 정도 였다. 그사이 결혼하고 아이 낳고, 많은 역할을 하며 분주한 삶을 살았다. 나름 한 획을 긋고 싶다는 열망에 이끌렸을까. 성취에 대한 욕구는 노력과 희생의 증거인 박사 학위로 정점에 도달했다. 학문적 추구의 길을 걸으며 연구와 강의를 해왔다. 그간의 공부 과정에서 얻은 통찰을 공유하고 다른 사람들이 꿈을 이루도록 영감을 주며 살았다고 확신했다. 어떤 삶을 살지 찾은 듯.

"뇌종양입니다."

순간, 공기가 없어진 방에 혼자 앉아있는 내가 보였다. 애쓰며 살아왔던 삶이 파노라마처럼 빠르게 스쳤다. 내 존재의 핵심을 관통하듯 울림만이 있을 뿐. 의사가 하는 말이 들리지 않았다. 미지의 세계와 마주하며 심연의 가장자리에서 두려움에 압도되었다. 집에 어떻게 돌아왔는지 기억이 나질 않는다. 온통 혼란스러울 뿐. 치밀하게 계획했던 미래가 허망하게 무너져 내렸다. 내가 이룬 모든 성취가 하찮게 느껴졌다. 냉혹하고 인정할 수 없는 진단 결과는 나를 멈추게 했다. 돌아보니, 마주하는 사람들에게 내 안의 가능성과 회복력, 절대 포기하지 않는 불멸의 정신을 주장해 왔다. 학생들에게, 사람들에게 동기를 부여하고 인성을 강의했다. 지금, 이 순간 있는 그대로 살아야 한다고, 힘들 때는 힘들다고 말해야 한다고 강의했던 사실들이 모순되는 찰나였다. 갈림길에 서서 성찰했다. 인생이 힘들다는 걸 인정하면 패배를 인정하는 거라 여겼다. 3일만 아프기로 했다. 어쩌면 열심히 살아온 나에게, 이제는 쉬어가라며 신이 주신 선물로 받아들이기로 한 거다. 그렇다. 불확실성의 그림자 속에서 삶의 본질에 관한 심오한 진리를 발견했다고 할까. 내 안의 암묵적인 힘을 믿어보기로 했다. 인간이기에 당연한 결과라며 인정하는 게 맞다 판단했다. 가식이나 겉치레 없이 내 인생의 경험을 포용하기로.

새로운 삶을 살기로 마음먹었다. '지금'을 온전히 사는 것, 무상함의 아름다움, 그리고 강인함의 힘을 알게 되었다. 한때 성장 전략을 중심으로 강의해 왔다면, 이후 회복탄력성, 희망, 두려움에 맞서는 용기에 관한 주제를 추가했다. 강의 현장에서, 내 삶의 성공적인 이슈뿐만 아니라 고난도 공개하기로. 두통으로 밤을 지새우는 날들, 침대에서 일어나기가 너무 힘든 날들과 같은 고통의 순간들도 나누었다. 지금 와서 생각해 보니, 진정으로 중요한 게 무언지 재평가하게 되었다는 통찰의 경험도 공유했다. 어떻게 사회적 기대와 스스로 부과한 압력의 층을 벗겨내었으며, 나라는 사람이 누구인지의 본질을 남겨 두었다. 스토리를 공유한 결과 특히, 자살 예방 교육 강의를 듣는 수강생들의 눈망울에 살짝 힘주는 모습도 보았다. 점점 그들도 자신의 속 깊은 이야기를 꺼낸다. 그들과 깊이 연결하는 지점은 개인의 성취가 아니었던 거다. 장담컨대, 갑자기 불어닥친 시련과 고통에 대해, '오늘 유난히 삶이 힘드네요'라고 말할 수 있는 용기였다.

힘든 일이 있을 때 힘들다고 말하질 못한다. 어떤 일이 생겨도 웬만해선 힘들다고 여기지 않는 편이다. 말하고 나면 더 힘들어질까 봐, 늘 '괜찮아. 다 이유가 있을 거야'라며 긍정적으로 생각한다. 어쩌면 '조신한 여자'이고 싶었던 걸까. 아님, 착한 아이 콤플렉스에 빠져서일까. 여하튼 시대에 뒤떨어진 사고방식이다. 하고 싶은 말이 있으면 확실하게 하면 좋은데 할 말을 하지 않고 참는다. 아니 못한 거다. 그래서일까. 힘들 때마다 힘들지 않은 척 나를 묶어둔 결과, 감각이 무뎌져 버린 건 아닌지. 결과적으로, 다른 감정들도 무디게 만든 거다. 스스로가 한계점에 부딪히는지도 모른 채, 몸과 마음을 방치했다. 나는 이렇게 하고 싶다고, 나를 이렇게 대해 주면 좋겠다고, '나'라는 기준으로 의견을 말하는 게 여간 어려운 게 아니었다. 종양을 받아들이면서 세 가지를 깨달았다.

첫째, 누가 알아주지 않더라도 힘들면 힘들다고 투정이라도 부려야겠다고 다짐했다. 버티지도 못할 거면서 센척하지 말고, 잠깐이라도 멈춰서야겠다고. 괜찮은 척, 안 아픈 척, 안 힘든 척, 괜찮다며 마음을 다잡을 수 없으니까. 더군다나 사람은 언제나 강하기만 한 건 아니니까. 누구도 날 대신 지켜줄 수 없다는 걸 안다. 견디기 버거운 걸 포기하는 건, 자기 학대일 뿐이다. 힘들 때 힘들다고 말하는 건 나약함의 표시가 아니라 갑자기 닥친 시련을 인정하는 데서 오는 용기 있는 행동이다. 진정한 용기는 어려움에 직면했을 때 그것을 인정하고, 경험을 공유하고, 삶의 기복을 통해 서로를 돕는 데 있으니까.

둘째, 현재를 더욱 충만하게 살아가는 법을 배웠다. 이전에는 결코 알지 못했던 깊이로 삶의 덧없는 아름다움을 감상하는 법을 알았다고 할까. 남편과 아이들과 함께 나누는 웃음의 달콤함, 걸을 때 느껴지는 바람과 햇살의 따스함, 혼자 즐기는 조용한 순간의 기쁨은 이루 말할 수 없이 거룩하고 경이롭기까지 하다. 사람들과의 관계가 더욱 깊어지고, 풍부해졌으며, 진실해졌다. 서로를 이해하는 연민의 마음이 고스란히 전해질만큼.

셋째, 삶은 예측 불가능하며 끊임없이 도전 가능하다는 걸 다시 한번 통감했다. 어떤 순간은 힘들고 어떤 때는 신나는 일상의 조각이 모여 삶을 이룬다. 기쁨의 순간은 즐기면 된다. 반면, 시련과 고통에 직면하면 다시 일어서면 되는 거다. 그것을 진정으로 받아들이는 것, 그리고 흔들리지 않고 담담하게 견뎌내면 된다. '한 치 앞은 어둠'이라고 말한 사람이 있다. 본래 '한 치 앞은 광명'이 아닐까. 아무리 어둡고 두려운 상황에서 허우적거리다가도, 어느 순간 믿기 어려운 기적이 발생한다. 단, 그것을 진심으로 믿어야 한다는 전제 조건이 붙지만.

김수현 작가는 〈나는 나로 살기로 했다〉에서 '우리는 자기 자신 외에 그 무엇도 될 수 없고, 될 필요도 없다'라고 했다. 그렇다. 대단한 내가 아니라, 있는 그대로 나로서 살아가면 되는 거다. 하루아침에 관점이 바뀐 건 아니다. 성찰과 수용의 시간이 지났고, 궁극적으로는 두통과 불면으로 가득 찬 일련의 순간이자 과정으로부터 깨달았다. 불편한 걸 알아차리고, 내 몸에 귀를 기울이고, 내 감정을 존중하는 법도 배웠고. 힘든 몸을 통제해서 방전되지 않도록 의도적으로 노력했다. 지금, 이 순간이 평온이다. 원점으로 돌아가 은혜와 감사로 삶을 받아들이도록 명상을 다시 시작했다. 의미 있는 삶을 산다는 게 무얼 의미하는지 재정의하는 시간이었다. 나라는 걸 인정한다는 건, 힘든 일이 없는 상태가 아니다. 두통이 오고 잠을 못잘 때, 힘든 상황에 직면했을 때 "힘들지만 계속할 거야!"라고 크게 소리 내어 외친다. 정답을 찾으려는 게 아니다. 말하는 순간, 연결고리를 찾을 수 있다. 있는 그대로 포용할 수도 있고 놀랍고 재미있다. 사는 게 힘들 때 그 어려움을 인정하는 건, 닫힌 줄도 몰랐던 문을 열어준다고 할까.

한 문장도 버릴 게 없는 책이다. 죄다 밑줄 긋고 싶었다. 그 충동을 참는 게 보통 곤욕이 아니었다. 남아있는 페이지가 적어질수록 탄식이 나왔다. 가슴을 쿵 내려앉게 하는 문장을 또 만났다. 책을 가슴에 얹었다. 눈을 감고 여운을 느꼈다. 바로 류시화 작가의 〈하늘호수로 떠난 여행〉이다. 오래전에 나온 책이지만 두고두고 보약처럼 꺼내 읽는다. 인도 각지를 돌며 그들의 독특한 삶의 방식을 저자의 철학으로 재해석해서 보여준다. 문장 하나하나가 마치 인생 교본 같다.

나는 여행 광이다. 어머니는 쓸데없는 '역마살'이라고 했다. 가만히 있는 게 고문이다. 싸돌아다닐 때 신난다. 가장 나답다. 여행을 떠나면 좋은 점이 한둘이 아니다. 그중 한 가지만 말하자면, 일상에 파묻혀 잃어버렸던 감정들을 여행지에서 뜬금없이 되찾을 때가 많다. 자유와 휴식을 누리면서 감정을 다시 살피고 정리할 수 있는 시간이 있기 때문일지도 모르겠다.

저자가 만난 인도는 꽤 흥미롭다. 목적지로 가던 버스 기사는 갑자기 차를 세우더니 친구를 만나 차를 마신다. 2~3시간 후에 돌아온다. 그런데 한 사람도 화를 내지 않더라는 것이다.

"모든 것은 이미 정해져 있습니다. 버스는 떠날 시간이 되면 정확히 떠날 것입니다. 그 이전에는 우리가 어떤 시도를 한다 해도 신이 정해 놓은 순서를 뒤바꿀 순 없습니다. 여기 당신에게 두 가지 선택이 있습니다. 버스가 떠나지 않는다고 마구 화를 내든지, 버스가 떠나지 않는다 해도 마음을 평화롭게 갖든지 둘 중 하나입니다. 당신이 어느 쪽을 선택하더라도 버스가 떠나지 않는다는 사실엔 변함이 없습니다. 그러니 왜 어리석게 버스가 떠나지 않는다고 화를 내는 쪽을 택하겠습니까?"

기어이 일이 터졌다. 반에 마음이 아픈 아이가 있다. 감정 조절이 힘들어 결국 사고가 생겼다. 지면에 담을 수 없지만, 어떤 날은 큰일로, 또 어떤 날은 작은 일로, 아무튼 일 년 내내 마음을 졸여야 했다. 시간이 지날수록 그 아이보다 내 정신상태가 더 온전치 않았다. 잠을 자기 직전까지 학교에서 있었던 일을 걱정했다. 아침에는 그 걱정으로 눈을 떴다. 종일 불안하고 긴장했다. 밥을 먹으면 소화가 힘들었다. 걱정한다고 달라지지 않는다는 것도 안다. 그런데도 마음처럼 잘되지 않았다. 그해, 잠을 푹 자본 게 언젠지 기억도 나지 않는다. 무던히도 내가 나를 괴롭혔다. 하루는 일이 많아 밤 열두 시가 다 되어 침대에 누웠다. 그때 전화벨이 울렸다. 이 시간에 누구지? 사건 관련 학부모였다. 가슴이 덜컥했다. 받고 싶지 않았다. 전화벨은 계속 울리고 있었다.

'혹시 급한 일이라도 생겼나?'

고민 끝에 받았다. 그 시간에 화낼 대상이 필요했던 모양이다. 나에게 본인의 울분을 쏟아붓기 시작했다. 듣고 있어야만 했다. 속이 뒤틀렸다. 전화를 끊고 바로 화장실로 달려갔다. 변기에 그날 먹었던 저녁을 다 게워 냈다.

지금 냉정히 생각하면 '사건'이 아닌 '걱정'이 힘들게 했다. 그 걱정은 누구도 아닌 내가 만들었다. 어머니는 평생을 종갓집 며느리로 살았다. 제사가 다가오면 어머니는 전날 거의 잠을 못 잤다. 제사 스트레스가 이만저만이 아니었다. 제사 일주일 전부터 우리 집은 비상이었다. 이십 명이 넘는 친척들이 방문했다. 그중 열 명은 자고 갔다. 며칠 전부터, 어머니는 서너 번에 걸쳐 이불을 빨았다. 식재료마다 사야 할 곳이 다르다며 장을 열 번 넘게 봤다. 어린 내가 봐도 어머니는 몹시 지쳐 보였다. 더 힘들어 보이는 것은 어머니의 과한 '걱정'이었다. 친척들이 혹여 불편하면 안 된다며 몇 번이고 잠자리를 살폈다. 입맛에 맞아야 한다며 반찬 걱정도 수십 번 했다. 적당히 해도 될 것 같은데 화장실 청소도 대충 하는 법이 없었다. 손이 빨개지도록 쪼그리고 앉아 타일을 닦고 또 닦았다. 여하튼 만 가지 일을 하면서 만 가지 걱정이 끊이질 않았다. 제사 당일이었다. 중학생 때다. 낮잠을 푹 잤다. 부엌에서 언니와 엄마는 산적에 쓸 재료를 다듬고 있었다. 어머니 한숨 소리가 들렸다.

"너는 좋겠다. 그렇게 잠도 푹 잘 수 있고. 엄마는 걱정 때문에 잠한숨을 못 잤는데."

"엄마는 걱정을 왜 그렇게 많이 해? 걱정해도 걱정 안 해도 어차피 달라질 것도 없는데."

철딱서니 없는 소리하지 말고 맛살이나 꽂으라며 잔소리를 들었다. 맛살과 햄, 파, 그리고 단무지를 차례대로 꽂았다. 그리고 어머니 걱정을 세어 봤다. 제사가 일 년에 다섯 번! 일주일 곱하기 다섯 번을 하면 35일! 지금까지 대략 20년을 치렀으니 700일! 총 700일을 걱정으로 밤을 지새웠다는 얘기다.

잠도 자면서 할 수 있는 데까지만 하고 살아도 무리 없이 제사를 치를 수 있었을 텐데…… 산적을 완성하며 다짐했다. 어머니의 걱정 습관을 닮지 않겠다고.

그때의 어머니 나이가 됐다. 걱정과 나이는 복리로 불어나는 듯했다. 수많은 걱정으로 나를 괴롭히는 시간이 많아졌다. 가장 아까운 시간이다. 사서 걱정을 했다.

'혹시 이 일이 터지면 어떻게 해결해야 하지?'

걱정으로 피가 말랐다. 당연히 건강은 나빠졌다. 어지럼증으로 세상이 핑핑 돌았다. 병원에서는 상세 불명 어지럼증이라고 했다. 상세 불명이 아니다. 내 병은 내가 안다. 원인은 명백하다. '쓸데없는 걱정'으로 인한 어지럼증이다. 내가 어찌할 수 없는 일이었다. 외부에서 일어나는 사건을 마음 졸이며 나를 괴롭혔다. 걱정했어도, 걱정하지 않았어도 결과는 똑같았다. 꿀잠을 잤어도, 잠을 설쳤어도 일어날 일은 일어났고, 일어나지 않을 일은 일어나지 않았다. 그 시간 동안 차라리 마음을 내려놓고 나를 살폈더라면 어땠을까.

지금도 여전히 힘든 학생들을 종종 만난다. 예전만큼 나를 괴롭히지 않는다. 통제할 수 없는 부분은 그냥 탁 내려놓는다. 대신 할 수 있는 최선을 다한다. 혹여 원치 않았던 결과가 일어나면 그 상황에 맞게 합리적으로 처리하면 된다. 그뿐이다. 그렇게 생각하니 오히려 나쁜 일은 덜 일어났다.

베트남 달랏에서 냐짱으로 이동하는 버스 안이다. 버스가 천천히 가더니 어느 순간 멈춘다. 앞에서 사고가 났나 보다. 창문을 열어 밖을 내다봤다. 다행히 사람은 다치지 않았다. 사고를 정리하는 데 다소 시간이 걸리는 듯했다. 기다렸다. 이제 좀 사고가 정리됐으려나. 다시 창문을 열었다. 버스는 도통 출발할 기미가 없었다. 그새 한 시간이 넘었다. 아무래도 저녁쯤에나 도착할 것 같다. 배가 고프기는 하지만 참을만하다. 에어비앤비 숙소 사장님에게 메시지를 남겼다.

"미안해요. 사정이 생겨 좀 늦을 것 같아요."

핸드폰 플레이리스트를 열었다. 아이유의 "드라마"가 흘러나온다. 잔잔한 멜로디를 따라 흥얼거렸다. 창밖을 보니 하늘이 유난히 파랗다. 의자를 뒤로 젖혀 편하게 누웠다. 볼륨을 올렸다.

　관계에서 일어나는 일들은 다양하고 복잡하다. 그래서인지 자신의 상태를 인지하지 못하고 지나치는 사람들이 꽤 많다. 나는 한번 겪은 감정이 오래도록 남는 편인데, 그 중심의 이유 '왜 그럴까?'를 잘 놓치기 때문이다. 원인을 찾기 이전에 이미 감정에 휩싸여 버리는 경우가 대부분이다. 그러지 말아야지 하면서도, 좀처럼 머리보다 마음이 앞선다. 답답하게도 내가 왜 이러는지 명확하게 알아내지 못했다.

　에세이 〈이제는 오해하면 그대로 둔다〉라는 제목부터 눈길을 끌었다. 보통 사람 사이에 오해가 일어나면 어떻게든 내 마음과 다른 왜곡된 부분을 바로 잡으려 애쓰는 게 일반적이라는 생각 때문이다. 오해한 그대로 놔두기가 찝찝하고 다른 사람들이 제멋대로 짐작하기를 원치 않는다. 어떻게든 바로잡고 싶어 한다. 내가 관심이 없는 사람에게는 마음대로 해석하고, 오해하고 넘어가는 일이 비일비재하다. 뉴스와 토론, 정치프로그램만 봐도 서로 헐뜯고 깎아내리기 바쁜 세상이다. 나와 어떤 관계인지 따라 오해인지 아닌지, 알고 싶은지 아닌지 상황에 따라 달라진다. 김슬기 작가의 글을 통해 '마음 들여다보기'가 어느 정도 가능했고 위로받았다. 저자와 나만의 생각을 비교하면서 제시하는 방법을 이해하려 하기도 하고 내 생각을 적어보기도 했다. 모름지기 인생이란 정답이 없어서 내가 어떤 사람인지 정의를 내릴 수 없다고 생각했었다. 그러나, 이 책을 읽으며 '어느 정도의 선'은 존재한다고 받아들이게 되었다.

24페이지의 살면서 필요한 처세술을 읽으며 과거를 떠올렸다. 직장생활을 하다 보면 굳이 친해지거나 업무적인 일 이외에는 소통하려 하지 않는 사람들이 더러 있다. 회사도 예전의 가족 같은 분위기에서 개인주의적 환경으로 넘어가는 시대이기도 하다. 나는 동료에게 진심으로 대했는데, 상대는 나에게 선을 그어 버리는 경우가 간혹 있었다. 건강상의 이유로 연차 낸 직원에게 무슨 일이 있냐고 걱정되어 물으면 개인적인 일이라고 잘라 말했다. '사생활까지 알려 하지 마세요! 우리의 관계는 여기까지!'라는 느낌을 받아 섭섭했다. 그럴 땐 나만 진심이구나! 속상했었다.

저자는 사람들에게 조언했다가 호구가 되어버리는 경험으로, 착하면 손해 보고 정이 많으면 이용당하기 쉽다고 했다. 어떤 경우에는 할 줄 알아도 나서지 말고, 입을 닫고 침묵하는 게 오히려 낫단다. 나에게 진심이고 고마운 사람만 챙기기에도 모자란 시간에 여기저기 오지랖 부리지 말라는 쓴 조언을 해주었다. 실제로 주변의 부탁을 들어주고도 욕먹을 때가 가끔 있었다. 진심으로 잘 되길 바라는 마음에서 충고했지만, '너나 잘해라, 남 일에 간섭하지 말라'며 돌려 말하는 쓴소리를 듣기도 했다. 다 함께 잘해보자고 노력한 일이 동료들에게는 혼자 인정받으려 안간힘을 쓰는 사람으로 비쳤기 때문일까. 괜한 오해를 사 해명하느라 급급했다. 상대가 원치 않는 일인데 혼자서 북 치고 장구 쳤다. 아무리 호의라도 받아들이는 사람이 싫다면 거절할 권리가 있다고 생각이 바뀌었다.

인생은 허허벌판이다

누구나 사는 것이 힘들 때가 있다. 힘든 삶의 단계는 없지만 어쩌면 나는 남들보다 더 고되고 격렬한 시간을 보냈는지 모른다. 입양과 파양. 그리고 가난한 양엄마 밑에서 치열하게 살아왔다. 누가 아군이고 적군인지도 모를 세상에 덩그러니 혼자 남아 맨몸으로 총알을 맞아야 하는 느낌이었다. 세상이 가혹했다. 초등학교 입학 두 달 후, 홍역에 걸렸다. 파양 당하며 이집 저집 떠돌아다니느라 필요한 예방접종을 받지 못했다. 홍역 열의 후유증으로 귀가 부어서 일반인의 절반도 못 한 고막으로 살아왔다. 내 인생 48년. 피곤하면 어지럽고 귓병부터 난다. 귀 안의 림프액이 조절되지 않아 난치병인 메니에르증후군 진단도 받았다. 병명을 알아내는 것만 2년이 넘게 걸렸다. 어지럼증의 공포는 우울증과 공황장애까지 동반하게 했다.

준비물을 살 수 없어 교실 뒤에 서서 손들고 있는 일이 빈번했고 동네 사람들의 헌 옷을 물려받아 입었다. 맞지 않는 큰 옷 때문에 소매 사이로 가슴이 보인다며 놀림을 당하기도 했다. 엄마는 계속 일했지만, 나는 여성 속옷을 사 입지 못할 정도로 가난했다. 그 밖에도 돈이 없어 속상한 일은 너무도 많았다. 어린 마음속에 맺힌 한이 많아 〈봄이 오는 시간, 한번 살아보겠습니다〉로 출간 작가가 되었다. 가난은 사람을 치욕스럽게 만들었지만, 한편으로 나를 작가로서 만들어 준 단단한 버팀목이 되었다. 숱하게 마음 상하는 일을 겪어내고도 이겨 냈고 '나는 무엇이든 해낼 수 있는 사람'이라는 신념을 가지게 되었다. 당시 죽고 싶은 마음마저 들게 했던 일들은 뒤돌아보았을 때, 어쩌면 작가로서 가장 크게 받은 '값진 선물'이었을지도 모를 일이었다.

나처럼 우여곡절을 겪지 않더라도 사는 건 누구나 힘들다. 세상엔 내 뜻대로 되지 않은 일이 여전히 많고, 어린 시절 가난을 대신하는 또 다른 형태의 어려움이 일상에 즐비하다. 다만 우리가 잊지 말아야 하는 것은, 어떤 일이든 자신을 탓하지 말아야 한다는 것이다. 내 환경이, 일어난 사건이, 지금의 고통이 당장은 수고스럽고 힘들 수 있다. 하지만 어려운 상황을 받아들임으로써 후에 따라올 '어떤 의미'가 기다릴지 아무도 모른다. 그래서 인생은 끝까지 살아 봐야 한다는 것 아닐까.

　대운이 오기 전 사람들과의 관계가 틀어지고 설상가상 나쁜 일들이 줄줄이 터진다고 한다. 해 뜨기 전이 가장 어둡다고도 한다. 자연에 빛과 어둠이 있듯이 인생에도 명암이 있다. 그림자에 갇혀 빛을 기대하기 어렵겠지만, 희망을 잃지 말고 최선을 다한다면 더 큰 보상이 오리라 믿는다. 태양이 떠올랐을 때 온몸으로 희열을 느끼고, 더 진실하게, 더 행복한 결과가 있을 거라 의심하지 않는다. 인생의 끝이 어떻게 될지는 아무도 모른다. 그렇기에 힘들어도 희망을 잃지 않고 조금씩이라도 앞을 향해 나아가야 한다.

　힘든 관계도 있지만, 나를 견디게 하는 것 또한 사람이기에 〈이제는 오해하면 그대로 둔다〉에서 '관계의 적절한 선'에 대해 인정한다. 힘든 상황에도 나와 함께하는 사람들이 있기에 내가 견딜 수 있고, 나의 수고로움이 누군가에게 감사로 받아들여진다면 이 또한 얼마나 큰 의미인가 생각한다. 관계에서 심리적 어려움이 있다면 이 책을 한 번쯤 읽어보기를. 그리고 생각나는 이가 있다면 저자가 담은 내용을 참고해 보시기를 바란다.

　나를 함부로 오해하고 믿지 않은 사람에게 최선을 다할 것인가?

　아니면 오해를 거름망으로 진정한 사람만 곁에 남기고 소중한 관계로만 이어갈 것인가?

　선택은 오로지 당신에게 있다.

더 '잘'하지 않아도,
더 '잘' 살지 않아도 괜찮다

최주선

내 나이 41세. 여태껏 살면서 '힘들다'고 느낀 순간이 꽤 많다. 때마다 포기하고 싶고, 도망가고 싶었다. 나 몰라라 하고 싶었던 순간 또한 셀 수도 없다. 내가 언제 그렇게 힘들었었나 곰곰이 생각하다가 몇 가지 순간이 떠올랐다. 친구 관계가 힘들었을 때, 누군가로부터 오해받았을 때는 죽을 만큼 억울했다. 내가 세상에서 없어지면 친구가 나를 홀대한 걸 후회는 할지, 나를 그리워는 할지 궁금했던 때도 있었다. 한창 힘들었던 청소년 시기에 그런 철없는 생각을 자주 했다. 내 인생은 돈으로부터 자유로울 수 없겠다고 느꼈을 때는 평생 가난할까 봐 두려웠다. 매사에 요행을 부리지 않고 나름대로 할 만큼 했으나 노력한 만큼의 성과가 없었을 때도 포기하고 싶었다. 때때로 나 혼자 세상에 덩그러니 있는 것 같을 때는 어찌해야할 바를 몰랐다.

열심히 살았다. 한때 내가 속한 모든 곳에서 내가 없으면 제대로 돌아갈 것 같지 않다고 생각했을 때가 있었다. 나름대로 최선을 다했다. 즐거움보다는 책임이 앞섰다. 이 한 몸 바쳐 청춘을 불사르던 교회와 직장에서 내가 없어도 세상은 잘만 돌아간다는 사실을 깨달았을 무렵, 허무했다. 한창 육아하며 아이와만 있던 시간, 집에서 육아만 하다가 그대로 쓸모가 없어져 버리면 어쩌나 싶은 마음이 들었다. 조금만 더 늦게 결혼할 걸, 조금만 더 있다가 아기를 가질 걸, 돌이킬 수 없는 후회만 읊조렸다. 항상 그랬던 건 아니지만, 힘에 부칠 때마다 종종 그런 마음이 찾아왔다. 아마도, 그 시간의 중심에 있을 때는 아픔에 취해 분명 세상에서 내가 가장 힘든 사람이었으리라. 그러니 세상에서 내가 쓸모없는 존재라고 여겼을 때와 능력의 한계에 부딪혔을 때가 가장 힘들었다. 여전히 때때로 그런 감정이 찾아온다. 그럴 때마다 미래에 대한 두려움도 생긴다. 대체 내 인생이 어떻게 달라질지, 목표를 잃은 기분도 든다. 나를 돌아봐야 할까, 내게 쉼이 필요한 타이밍이다.

공교롭게도 인생이 힘들다거나 좀 쉬어가고 싶다는 마음이 들 때마다 눈에 띄었던 책은 '삶, 생명, 질병, 노년, 죽음'에 관한 주제가 주를 이뤘다. 최근 3개월간 읽었던 책만 해도 〈사랑은 시간과 비례하지 않는다〉, 〈이토록 멋진 인생이라니〉, 〈만일 내가 인생을 다시 산다면〉과 인생과 죽음, 생명에 관한 책이었다. 일부러 고른 게 아님에도 자꾸 내 눈길을 끌었다. 반면, 내가 힘들 때 일부러 열었던 책은 거의 다 자기계발서였다. 공부하듯 책을 읽고 처진 내 마음을 끌어 올리기 위해서 배우고 또 배우려고 했다.

"더 성장해! 더 공부해! 더 노력해야지!"

계속해서 나를 마구 다그치고 있었다. 누군가 내게 그랬다. 왜 그리도 자신에게 기준이 높냐고, 지금도 충분히 잘하고 있는데 왜 그렇게 자꾸 스스로 다그치냐며 물었던 적이 있다. 그 말이 맞다. 나는 늘 남에게는 너그럽고 나에겐 엄격하다. 그러다 유튜버 '글토크' 양경민 작가가 집필한 〈더 잘하고 싶어서, 더 잘 살고 싶어서〉를 만났다. 어떤 책을 읽을까 싶어 온라인 서점인 〈밀리의 서재〉를 배회하던 중에 만난 책이었다. 제목이 딱 내 마음을 대변하는 것 같아서 열었는데, 어렵지 않은 내용, 빽빽하지 않은 글로 쉽게 읽을 수 있었다. 앞 장에서부터 내게 "괜찮아. 지금도 충분히 잘하고 있어." 라고 말해주었다.

'모든 지친 순간을 위한 용기와 위로, 아부와 온기의 문장들'이라는 책의 소개만으로도 이미 위로받은 느낌이었다. 전자책으로 봐서 잘 모르겠지만, 페이지 수로만 봐도 책이 두껍지도 크지도 않아 부담 없이 볼 수 있는 책이었다.

> 고집스럽게 곧게 선 나무와 달리 굽은 나무는 고통의 무게를 견딜 줄 알기에 자신의 그림자가 구부러지는 것을 싫어하지 않고, 그런 굽은 나무에 함박눈도 더 많이 쌓이고 그늘도 곧은 나무

보다 굽은 나무에 더 그늘져 잠들고 싶은 사람들이나 새들도 더
많이 찾는다는 것이다. 〈유연한 생각이 필요한 순간〉

예전의 나는 365일 행복해지고 싶었다. 매일 좋은 일만 가득해야
좋은 인생이라고 생각했다. 주변의 모든 사람에게 인정받고 칭찬받
아야지만 잘하고 있다고 생각했다. 돈 걱정 없으며, 하는 일마다 승
승장구하고 술술 잘 풀려야지만 성공한 인생이라고 생각했다. 실수
없고, 평탄한 길을 가야지만 순탄한 인생이라고 생각한 거다. 지금
은 아니다. 잘 풀리지 않은 날이 있었기에 지금의 내가 되었고, 한
국이 아닌 남아프리카에서 살면서 겪은 결핍 덕에 오늘까지 올 수
있었다. 한국만큼 뭐든 쉽지 않은 일상, 자주 끊어지는 전기와 인터
넷, 일상의 여러 부재도 그냥 두지 않았다. 인정하고 받아들이되, 삶
의 벌어진 틈을 내버려 두지 않고, 부단히 메꾸려고 애썼다. 울퉁불
퉁 때운 티가 나더라도, 발이 빠지지 않게 딛고 설 수 있었다.

책을 읽는 시간은 그리 오래 걸리지 않았다. 잠시였지만, 책과 함
께 쉴 수 있었다. 이 책을 종종 꺼내봐야겠다는 마음이었다. 살면
서 찾아오는 숱한 실패와 좌절의 순간이 있다. 미래가 불확실해 보
여 포기하고 싶은 순간이 종종 찾아온다. 이런 순간이 찾아오는 게
어쩌면 당연한 게 아닐지 생각해 본다. 평균 수명이 100세인 시대에
100년 동안 아무런 문제가 없는 게 더 비정상적인 게 아닌가 싶은
생각마저 든다. 인생의 엉킨 실타래를 억지로 풀려고 하지 않아도

풀어지는 날도 오기 마련인데, 나는 왜 매번 조급할까. 분명한 것은 내 삶이 이전보다 나아지면 나아졌지 더 나빠지지는 않았다. 마치 워킹 머신 위에서 계속 똑같은 길을 반복적으로 걷는 것 같은 기분 조차 나는 느끼지 못했더라도, 내 인생은 계속 앞으로 나아가는 중이다.

"당신만이 아니라, 나도 그렇게 살아가고 있다고,
악착같이 그렇게 살아내고 있다고 말해주고 싶었습니다."
〈프롤로그 – 그럼에도 저는 믿고 있습니다〉

마음이 지치고, 나만 그렇게 힘든 인생을 사나 싶은 마음이 들 때면, 스스로 자책하지 않아야겠다고 마음먹었다. 더 '잘'하려고, 더 '잘' 살려고 애쓰며 아등거리는 것 아니라, 내가 지금 하는 일을 왜 시작했는지, 무엇 때문에, 무엇을 위해, 도대체 뭐가 좋아서 다시 떠올려 보는 쉼을 가져보는 것도 좋겠다고 생각하는 요즘이다. 책을 읽는 동안도 말이다.

"당신의 삶보다 위대하고 소중한 건 없다. 그러니 조금 더 자유
롭고 즐겁게 살아가도 된다."
〈더 잘하고 싶어서, 더 잘 살고 싶어서 중에서〉

결국, 나의 삶은 나를 위해 존재하므로.

제2장

관계에 지칠 때

2-1 삶의 주인공이 되다

김단비

배우는 것을 좋아하는 나에게 회사와 대학은 즐거운 공간이었다. 회계를 전공하며 낮에는 세무사 사무실에서 실무를, 밤에는 대학에서 이론을 배웠다. 바쁜 일상에서 학습에 대한 열정은 한시도 식지 않았다. 아직 학교를 졸업하지 못했지만, 실무 경험을 통해 배우는 즐거움이 설렘으로 가득 찼다. 상사의 지시 하나하나를 메모하며, 눈앞의 모든 작업을 배움의 기회로 삼았다. 이런 내 모습을 보며 대부분의 회사 동료와 상사들은 자신들의 노하우를 아낌없이 전달해 주었다. 그 덕분에 실무를 빠르게 익힐 수 있었다.

하지만 바쁜 세무 신고 기간인 1월부터 8월까지 끊임없이 업무에 몰두하며 야근을 반복하다 보니, 체력의 한계를 느끼기 시작했다. 회사를 오후 6시에 마치고, 7시까지 버스를 타고 학교로 갔다. 학교 수업이 저녁 10시에 마치면 다시 막차를 타고 회사로 출근해 새벽

3~4시까지 야근을 하고 집에 돌아왔다. 그리고 다시 9시까지 정상 출근을 하며 이 반복된 생활을 계속했다. 6월 말이 되자 매일 쏟아지는 전화업무에 쉰 목소리로 대응했다. 점점 더 지치고 힘들어졌고, 몸과 마음이 피곤함을 느꼈다. 업무와 학업을 오가며 생활 방식이 극도로 불균형해져, 체력이 한계에 다다랐다. 목캔디와 물로 겨우 업무를 이어가던 8월 부가세 신고가 끝나자마자 병원 신세를 지게 되었다.

그 경험으로 인해 내 열정이 크게 위축되었다. 동료들과 상사들이 일을 분담해 주기는 했지만, 에너지 뱀파이어라 불리는 한 상사는 여전히 자기 일을 나에게 떠넘겼다. 에너지 뱀파이어는 '긍정적인 에너지를 빨아들이며 타인을 지치게 하는 사람'이다.

20대의 패기로 상사의 부정적인 태도를 견디며 배움을 위해 참았지만, 결국 화병이라는 진단을 받았다. 이대로는 안 되겠다는 생각이 들었다. 변화가 필요했다. '어떻게 내 삶의 방향을 바꿀 수 있을까?' 고민하다가, 먼저 회사 근처의 교보문고로 발걸음을 옮겼다.

교보문고에서 '위로를 주는 책'과 '삶에 변화를 주는 책' 코너에 앉아 이리저리 둘러보았다. 그러던 중, 최대호 작가의 〈너의 하루를 안아줄게〉가 내 눈길을 사로잡았다. SNS에서 긍정적인 메시지를 전달하며 많은 이에게 힘을 주던 작가의 책이었다. 또한 평범한 신입 사원으로 회사 생활을 하는 작가다. 힘든 순간에 어떤 위로가 필요한지 정확하게 꼬집어 준다. 그 책을 손에 들자마자, 마치 작가가 내 상황을 알고 직접 위로와 격려를 건네는 것만 같았다. 그 순간부터, 내 삶을 바라보는 시각이 점차 변해가는 것을 느낄 수 있었다. 변화를 꿈꾸며 첫걸음을 뗀 순간이었다. 최대호 작가의 〈너의 하루를 안아줄게〉에서 눈길을 사로잡은 문장이 있다.

"모든 사람에게 사랑받으려고 노력할 필요는 없다. 내가 좋아하는 사람에게만 잘하기에도 인생은 짧고, 내 사람들에게 사랑받는 것만으로도 충분하다. 더는 내가 중심이 아닌 인간관계로 힘들어하지 않기로 했다."(p.87)

이 문장이 마음속 깊은 곳에서 메아리처럼 울려 퍼졌다. 책의 한 챕터인 '괜찮지 않아도 괜찮아'라는 글귀가 눈을 사로잡았다. 간결하면서도 강력한 문장이 마음을 위로했다. 어느새 책 속으로 깊숙이 파고들었다. 책을 사서 집에 도착한 후, 한 손엔 형광펜을 한 손에는 빨간 볼펜을 들고 책장을 펼쳤다. 몇 시간 동안, 마음을 울리는 부분에는 밑줄을 그었다. 문장마다 내 마음을 파고드는 감정에, 때로는 눈물이 절로 흘렀다. 책의 많은 글귀가 나를 사로잡았다. 그중에서 특히 의미 있는 문장들을 다이어리에 옮겨 적었다.

인생에서 모두에게 사랑받으려 애쓰는 것은 불필요한 노력일 뿐이라는 걸 깨달았다. 진정으로 중요한 건 내가 소중하게 여기는 사람들에게 내 사랑과 감사를 전하는 것, 이 깨달음은 인간관계를 바라보는 방식에 큰 변화를 불러왔다. 더 이상 타인의 인정을 얻기 위해 나 자신을 소모하지 않기로 했다. 대신, 나의 에너지와 시간을 가장 의미 있는 관계에 집중하기로 결심했다.

이 결심은 일상에도 긍정적인 변화를 가져왔다. 더 이상 모든 요구에 'Yes'라고 답하지 않고, 실제로 해낼 수 있는 일에만 집중하기 시작했다. 이 행동으로 자유와 에너지를 얻었다. 이제 내 삶의 주인공으로서, 진정으로 사랑하는 사람들과의 행복한 순간들을 더욱 소중히 여긴다.

책 속에서 발견한 단 하나의 문장이 내 삶에 이렇게 큰 변화를 불러올 줄은 몰랐다. '괜찮지 않아도 괜찮아'라는 메시지는 나에게 자기 자신과 현재의 삶을 받아들이는 법을 가르쳐주었다. 이제 매일 더 긍정적으로, 더 의미 있게 살아가려고 노력한다.

이러한 내면의 변화는 삶에 큰 긍정적인 영향을 미쳤다. 소중한 인간관계에 더 많은 시간과 노력을 쏟아붓게 되면서, 더욱 풍부하고 의미 깊은 것으로 변화했다. 이제 진정한 가치를 나 자신과 주변 사람들에게 부여하는 삶을 살고 있다. 한 권의 책에서 읽은 강력한 문장 하나가 내 마음의 평화를 되찾아 주었고, 오랫동안 나를 괴롭힌 화병의 증상을 완화해 주었다. 긍정적인 에너지의 중심이 다른 누군가가 아닌 바로 나임을 깨닫게 해줬다.

에너지를 빼앗는 생각들을 몰아내고자, 매일 아침에 긍정적인 문장 하나를 읽으며 나의 하루를 시작한다. "너의 삶은 충분히 완벽하고 아름답다"라는 말을 반복하며, 자신감을 가지고 새로운 날을 맞이한다. 이 작은 습관은 나에게 큰 힘을 주며, 모든 도전과 역경을 극복할 수 있는 용기를 북돋워 준다.

이제는 타인의 기대나 판단에 얽매이지 않는다. 진정으로 가치 있는 일에 집중하고, 나와 내 사랑하는 사람들과의 관계를 더 깊고 의미 있게 만들기 위해 노력한다. 나의 삶은 내 것이며, 매 순간 그것을 최대한으로 살아가고자 한다. 지속해서 배우고 성장해 나가며, 진정한 행복을 찾아간다.

침묵 수행이 답이다

김혜련

은유 작가의 〈싸울 때마다 투명해진다〉를 읽었다. 일상에서 싸우십니까? 당신의 싸움은 어떠합니까? 싸울 때마다 투명해진다는 건 무얼 의미합니까? 질문이 꼬리의 꼬리를 문다. 여자라는 본분, 존재라는 물음, 사랑이라는 의미, 일이라는 가치로 싸움 목록을 나누었다. 존재에 대한 의심을 거두고 한없이 투명해지려면 계속 말해야 한다. 싸움이 불가피하더라도 정면 돌파하라고 쓰여있다. 인간적 성숙은 낯선 대상을 받아들이는 과정에서 혼란과 갈등을 겪으며 자기와 세상에 대한 이해가 깊어질 때 일어나는 것이라 했다. 그러나 낯선 대상이 아니기에 혼란과 갈등을 겪는 것도 있다. 그렇다. 가장 친밀한 남편에게서 혼란과 갈등을 겪는다. 친구 S는 아내의 삶과 자기의 삶을 절충하는 것에 피로감을 느껴 남편과 별거 중이다. 나도 여자의 굴레에서 벗어나고 싶다. 그냥 자유로워지고 싶다. 아무런 눈치 안 보며 그리 살고 싶다. 일과 아내 역할에 격한 감정이 치밀 때가 있다.

시어머니가 돌아가신 후 집에서의 일은 모두 내가 하게 되었다. 직장 일하며 주부 역할까지 부담이었다. 특히, 부부가 마주하는 밥상 준비에 힘이 들었다. 무슨 대단한 것을 차려 먹는 것도 아니다. 퇴근 후 쉬고 싶은 마음을 접고 부엌 싱크대 앞에 서는 것이 싫었다. 작가의 '밥에 묶인 삶'(p.56)이라는 문장이 적절하게 다가왔다. 시대가 변해도 끝없는 가사 노동은 여전히 여성의 몫으로 남아있다.

작가가 '서른다섯부터 마흔다섯을 경유하는 한 여자의 투쟁 기록'이라 칭한 책이다. 나도 투쟁을 39년째하고 있다. 경상도 토박이 남자인 남편은 도무지 손가락 하나 까딱하지 않는다. 나는 리모컨이었다. 아이들이 어렸을 때다. "여보, 물 한 컵" "여보, 신문 좀 줘요." "여보, 양말" 좀 미안하다 싶으면 '김 선생'이라고 부르며 필요한 사항을 말했다. 어느 날, 다섯 살 아들이 거실에서 "김 선생, 과일 좀 줘요."라고 했다. 나와 남편은 눈이 마주쳤다. "반성 좀 하세요. 아이들은 듣고 보는 대로 자라요."라고 말하니 웃으며 넘겼다. 이제 칠순 나이의 남편은 조금씩 변하고 있다. 옷 다림질과 남편 옷은 스스로 손세탁한다. 아내에게 측은지심(惻隱之心)이 든다며 간혹 설거지 서비스를 한다. 분리수거해 둔 쓰레기라도 버려주면 좋을 텐데 가뭄에 콩 나듯이 한다. 어쩌다 도와준 날이면 생색은 하늘 땅만큼

한다. 친구들은 내가 너무 시키지 않아 그렇다고 하였다. 입 아픈 것보다 내가 하고 마는 편을 선택했다. 가사 분담으로 울화가 치밀 때도 있다. 어쩌랴. 신혼 시절부터 시어른이 살림을 맡아 하셔서 늦게 티도 안나는 가사를 하자니, 맥락이 안 잡혔다. 그래도 가사 도우미 한번 부르지 않은 내가 너무 대견하다. 한쪽의 수고로 다른 한쪽이 안락을 누리지 않아야 좋은 관계다. 이 또한 상대의 처지에서는 자신도 수고하고 있다고 생각할 수 있다. 소통되어야 관계가 유지된다. 한 번씩 불통이다. 싸움이 불가피하다.

A: 나의 입장

범칙금 종이를 흔들며 화난 표정으로 남편이 나무란다. 불안이라는 정서가 나를 휘감았다. 어린이 보호구역 내 속도 제한 30km에 주행 41km로 달렸나 보다. 도로교통법 제17조 3항에 의거 과태료 통지서가 나왔다. 60,000원인데 사전 납부는 56,000원이다. 그곳에 속도위반 카메라가 있는 줄 아는데 왜 속도를 내었을까? 잘한 것도 없으면서 남편이 감정을 쏟아내는 것에 속상했다. 줌(zoom)으로 회의하고 있는데 눈치도 없다. 일전에 시범 운영할 때 위반 사실 경고장을 받았다. 그리하고도 위반했으니, 화가 더 났나 보다. 부주의한 것은 맞다. 출근 시간에 게으름을 피우다가 서두르는 것이 문제를 일으킨다. 미리미리 준비하는 것도 속도 유지의 한 방법이다.

2021년 '안전속도 5030'으로 도로 별 주행 제한속도를 4월부터 실시했다. 처음에는 답답하였다. 그러나 속도를 낮추니 주변 환경이

들어왔다. 마음도 여유로워지는 이로움을 발견했다. 경쟁하듯 달리는 도로에서 '누가 더 천천히 가나'를 실험하는 듯했다. 장거리 출퇴근을 한다. 익숙해지니 질주 본능은 다시 수면 위로 고개를 내밀었다. 어찌하든 변명이다. 입을 다물어야 한다. "돈이 많으면 내 좀도. 그걸 알면서 그라나? 당신은 돈이 넘쳐나네." 개념 없다며 다시 시작한다. 두통이 왔다. 크게 심호흡을 하자. 남편은 계속 찬 공기를 남발하고 있다. 며칠 '침묵 수행'해야겠다.

B: 남편 입장

1층 편지함을 열었다. 두 장의 우편물이 있다. 둘 다 아내에게 온 것이다. 한 장은 화장품회사 것이고 다른 한 장은 속도위반 통지서다. 보는 순간 화가 치밀었다. 위반 딱지가 종종 날아온다. 왜 그럴까? 조심하면 지출하지 않아도 될 것인데 개념이 없다. 며칠 전에도 시범운영할 때 경고장을 받아 주의하라고 했는데 결국 이렇다. 안전하고도 연관 있는데 왜 그러는지 모르겠다. 무개념이다. 시간은 오후 9시가 넘었고 배도 고픈데 또 노트북 앞에 앉아있다. 낚시터에서도 물고기 한 마리 못 잡고 세월만 낚다가 왔는데 식탁엔 아무것도 없다.

샤워부터 했다. '왜 기본이 안 될까?' 화가 자꾸 난다. 아내가 간단식으로 급하게 차려놓은 호박죽과 과일, 채소를 먹었다. 그래도 허기져서 더 먹고 싶었다. 컴퓨터로 뭔가 하고 있으니 부르려다가 참았다. 주방에는 닭볶음이 있었다. 밥과 함께 싹 비웠다. 이해가 안 되는 마누라다. 조금만 주의하면 되는데 위반 딱지에 둔감하다. 아니면 경제관념이 없거나 안전 불감중이다. 더 화를 내면 내 건강에도 안 좋을 것 같고 본인도 눈치를 보니 이쯤 해 두자.

아이고! 뭘 잘했다고 다른 방으로 베개 들고 간다.

큰일이다. 다른 또 하나의 속도위반 과태료 용지가 올 것 같다. 이런저런 생각으로 아차! 한 기억이 이틀 전이다. 가정의 평화를 위해서 매일 우편함을 봐야겠다. 두 번째 위반 통지서를 발견하면 남편이 폭발할 것 같다.

다시 길게 숨을 쉰다.

천천히 운전에 충실하자.

* 남편의 메시지: 속도 제한 지키며 사세요. 지출 안 해도 될 때 지출할 돈은 모두 아까워요. 내비 양의 "띠롱띠롱" 소리에 귀 기울여요. 제발~
* 아내의 메시지: 화나게 해서 미안해요. 주의하면 될 것을 부주의했네요. 그래도 화내지 않고 말해도 충분히 알아듣습니다.

여류 소설가 신달자는 라디오 대담 프로그램에서 말했다. 남편이란 존재는 아내에게 무엇을 해주는 사람이 아니라, 그냥 옆에 있어주는 것만으로도 고마운 인생의 영원한 동반자라고 고백했다. 그 경지까지 가려면 수행이 더 필요할 것 같다. 〈싸울 때마다 투명해진다〉 서슴없이 표현하고 솔직하게 써 내려간 글이다. 은유 작가는 싸울 때마다 투명해진다. 나는 글을 쓸 때마다 투명해진다. 나와 세상에 대한 이해가 깊어진다는 것, 특히 남편에 대한 이해가 깊어지고 있다. '교통법규 잘 지킬게요.' 날 괴롭히는 사람이 철들게 한다더니 과태료가 그렇다.

가족에게 지칠 때

백란현

"유방암이야. 다음 주 수술하기로 했어."

친정 엄마 전화를 받고 빨리 끊었다. 10분 뒤에 책 쓰기 무료 특강을 시작해야 하기 때문이다. 마음을 다잡았다. 수술은 강의 끝나고 걱정하기로 했다. 신나는 음악을 틀었다. 일일 수강생이 한 명씩 들어오고 있다. 채팅창으로 환영한다는 말을 남기면서 목소리 텐션을 올렸다. 피피티를 마지막으로 훑어본 후 화면을 켰다. 내 강의가 수강생 인생의 전환점이 될 수 있다는 마음으로 강의를 시작했다. 우연히 강의 정보를 알고 들어온 서 작가도 있었다. 나와는 모르는 사이다. 25개월 딸을 보면서 줌 강의도 들을 수 있을까 시도하는 마음이었을 터다. 강의 도중 '서 작가 오늘 일상'을 인터뷰한 후 짧은 글을 써서 보여줬다. 아기 돌보는 단조로운 일상이 글감이 된다는 사실이 신선했나 보다. 내 책 서평단에서 떨어졌다고 얘기하길래 책을 보내주었다.

친정 아빠는 10년 전 후두암 수술을 했다. 연가를 내고 영대병원 수술실 앞을 지켰던 기억이 또렷하다. 수술 후에도 목에 침이 넘어가지 않도록 석션을 해 달라는 손짓을 반복했었다. 수술 후 받아낸 피는 비닐봉지를 가득 채웠다. 김해에 내려가야 다음날 출근을 할 수 있는데 늦은 밤 버스가 끊어졌다. 김해 갈 방법이 없어서 부산행 열차에 올랐다. 그 후 한 번 더 후두암 수술이 이어졌다. 끊지 못한 담배 때문일까. 돈, 인간관계 스트레스 때문일까. 알 수는 없었다.

방사선, 항암치료가 이어졌다. 아빠는 핼쑥해졌다. 10년째 목에 구멍을 뚫어둔 상태이다. 말할 때 손가락으로 구멍을 막은 채 소리를 내야 했지만 목소리는 당당했다. 돈이 없는 것도 엄마 책임이고 아픈 것도 엄마 탓이었다.

엄마는 수술 날짜를 받아놓고는 아빠 걱정이 가득했다. 치매 진단 받은 아빠가 엄마 없이 최소 일주일간 밥 잘 챙겨 먹고 있을지 염려되었나 보다. 아빠가 두 번째 수술할 땐 엄마가 보호자였다. 아빠는 지금, 엄마의 암 수술에서 보호자가 되어줄 수 없다. 기억이 오락가락했다. 내 이름은 기억했으나 동생 이름은 모른다. 2019년 결혼했고 아들도 키우고 있는 동생에게 장가보내야 한다고 했고 며느리에게 높임말을 썼다. 영업용 화물차 번호판을 반납한 사실도 잊었다. 아들에게 트럭 한 대 사달라고 한다. 강원도에 짐을 실어다 줘야 한다고.

요즘 일거리 없는 남편이 엄마의 수술실을 지키기로 했다. 엄마 보호자 노릇을 해주니 나로서는 연가 내지 않아도 되었다.

올케 전화를 받았다. 엄마 수술, 아빠 치매 걱정을 연거푸 해댄다. 형님인 나보다 낫다. 하루하루 해내야 할 교사 업무와 라이팅 코치 강의로 인해 잠자는 시간도 줄인 상태였다. 걱정할 겨를도 없이 바삐 움직였다. 게다가 학교에서는 3월 신학기였으니. 동생 부부의 걱정에 바쁘다며 짧게 끊었다. 이후 의논은 남편과 올케가 하는 모양이었다.

부모님의 암 진단과 수술. 암뿐이었을까. 심근경색도 있었다. 수시로 들어가는 병원비. 나라도 아프지 않아야겠다는 마음이 컸다. 내가 전화하지도 않았는데 친정 아빠는 '전화했냐'고 연락이 온다. 엄마 아빠가 부부 싸움할 때, 아빠 운수업 경비가 없을 때 자주 전화가 울렸던 기억이 있다. 폰에 아빠 번호가 뜨면 마음 쿵 내려앉았었는데 치매 이후로 그런 긴장은 줄어들었다.

남편은 엄마 수술실 앞을 지켰고 입원실에서도 함께 시간을 보내주었다. 수술 후 엄마는 병실에서 혼자 거동이 가능해서 남편은 엄마 대신 친정집에 들렀다. 치매 환자인 친정 아빠의 안부를 확인하고 말동무도 되어주었다.

엄마의 퇴원이 당겨졌다. 동생은 연차를 내고 병원과 친정에 다녀왔다. 부모님 몸 아팠던 세월만큼, 친정 일에 안절부절못했던 날들도 많았다.

걱정하지 않으려고 해도 걱정이 싹틀 때 편안한 책을 꺼낸다. 제목부터 내 편이 되어주는 것 같다. 〈내가 얼마나 만만해 보였으면〉을 손에 잡으면 마음을 비우고 산책하는 기분이 든다. 186쪽은 마치 내가 나에게 메모한 것 같다.

'한 번뿐인 인생을 그래도 잘살아 보겠다고 오늘도 열심히 달린
나를 칭찬해 주고 싶다. 수고 많았다.'

그래! 백란현, 수고 많았지! 내가 나를 알아주고자 애쓴다. 가족에게 지쳤다. 탈선하지 않고 공부로 살아낸 내가 기특했다. 지금도 삐뚤어지지 않으려고 공부를 이어가고 있다.

걱정 많이 하는 올케와 걱정할 겨를 없는 나를 반반 섞으면 어떨까 생각하면서 다음 장도 읽는다.

'사람들은 보통, 정작 고민해야 할 일은 미뤄서 방관하는 경향이
있고 굳이 안 해도 될 걱정은 사서 할 때가 있고 당장에 결정이
나지 않을 일을 걱정하느라 시간도 감정도 소모한다.'

엄마의 암 수술. 겉으로는 괜찮은 척 하루씩 채워나갔지만, 속으로는 그렇지 못했다. 친정 일에 신경 쓰고 싶지 않아서 자주 가지도 않았다. 나는 왜 오늘도 바쁘게 살고 있는가 하는 생각이 들면서 마음이 가라앉았다. 엄마는 수술대에 올라가 있는데 나는 학부모 상

담하느라 이야기를 들어줘야 했다. 직장에 군이 내 개인 사정 이야기 하지 않은 것도 다행인 것 같았다. 엄마 암 수술하는데 왜 출근했느냐 소리 듣고 싶지 않았다.

징징거리는 시간은 더 이상 필요하지 않다. 이제 내가 할 일은 무엇일지 생각해 본다. 자주 친정에 가보는 게 내가 할 일이다. 동생은 동생대로 아빠 치매 등급 받는 일과 주간보호센터와 연계하는 방법을 찾고 있다. 나는 나대로 엄마도 아빠도 살펴봐야 한다. 아빠는 나를 알아보고 반가워하니까.

엄마에게 좋은 딸은 되지 못했다. 반대하는 결혼을 한 게 시작이었다. 결혼한 지 20년. 암 수술한다는 소리 듣고 엄마 기분도 맞춰주고 스트레스 안 받도록 해드려야겠다고 마음먹은 날 저녁. 엄마한테 잔소리를 듣고 말았다.

외사촌 결혼식이었나 보다. 소식도 몰랐는데 엄마는 내 이름으로 외숙모에게 축의금을 보냈다. 외숙모가 내게 전화를 해왔다. 무음이라 전화를 놓쳤다. "엄마, 외숙모 전화 못 받았어."라고 카톡 했더니 엄마가 내게 전화를 걸어왔다. "지금 전화해. 외숙모 축하한다고."

전화하지 않았다. 어색함은 잠시 견디면 그뿐인데.

"말 드럽게 안 들어!"

가족에게 지쳤다고 생각했는데 나도 가족을 지치게 만드는 사람은 아닐까. 엄마와 통화 마친 후 이런저런 생각에서 벗어나고자 〈내가 얼마나 만만해 보였으면〉을 펼쳤다.

2-4 감사와 사랑이란 말의 힘

변지선

한 여학생이 이사벨 여중 도서관에서 책을 읽고 있다. 짧은 단발 머리에 하얀 세일러 칼라의 교복을 입은 중학교 1학년 여학생이다. 책 제목은 〈그 많던 싱아는 누가 다 먹었을까〉. 그 하얗게 어렸던 여학생은 이제 나이 오십이 넘은 중년의 모습이다. 박완서 작가의 유고 에세이 〈모래알만 한 진실이라도〉를 읽다가 '싱아'를 읽었던 그때가 떠올랐다.

나는 1남 2녀 중 둘째다. 엄마는 두 살 터울 오빠를 항상 '우리 아드님'이라고 불렀다. 네 살 터울 여동생은 부모님뿐만 아니라, 오빠와 나도 모두 '예쁜 공주님'으로 불렀다. 나는 그저 '착한 지선이'라고 불렀다. 왕자 같은 오빠와 공주님 동생 사이에서 콩쥐 같은 건강한 둘째였다. 오빠는 잘 안 먹고 빼빼 말라 손이 많이 가는 아이였다. 엄마는 오빠에게만 뭔가를 따로 먹였다. 그때마다 오빠는 오만 상을 찌푸리며 받아먹었다. 나도 빼빼 마른 몸이 되고 싶었다. 오빠가 먹던 황금색 비닐에는 사슴뿔이 그려져 있었다. 한 봉지 먹어보고 싶다고 말했다가 엄마에게 꿀밤을 맞았다. 난 웃으며 잘 먹을 자신이 있는데…. 엄마는 뭐든 잘 먹는 내겐 한 봉지도 안 줬다. 어느 날 집에 아무도 없을 때 사슴뿔이 그려진 금박 비닐 한 개를 뜯어 먹었다. 꽤 맛있었다. 오빠는 이 맛있는 걸 먹으면서 왜 인상을 찌푸렸지? 며칠 뒤 또 한 봉지를 더 맛보려다가 엄마에게 들켜 야단을 들었다. 비싼 '녹용'이란 걸 커서 알았다. 여동생은 공주님이라 불릴 만큼 오목조목 예뻤다. 어린 내 눈에도 그랬다. 그런 여동생만 피아노와 무용 학원에 다녔다. 나는 무용은 배우고 싶지 않았지만, 피아노는 달랐다. 하얀 건반을 딩동딩동 두드려 보고 싶었다. 왜 나만 아무것도 안 시켜주냐고 투정을 부렸다. 햇살 좋은 날, 엄마 손잡고 피아노학원에 갔다. 건반에 손가락을 직각으로 올리고 '도레미파솔라시도'를 통통 두드리던 느낌이 생생하다. 내 나이 아홉 살 때의 기억이다. 나는 늘 사랑을 달라고 보채야 받을 수 있는 아이라 생각했다. 오빠와 동생보다 사랑을 못 받고 있다고 생각하며 자랐다.

작가는 1930년대에 태어났다. 여자아이로 태어나면 대부분 간난이, 섭섭이로 불릴 정도로 남녀 차별이 심했던 시기다. 딸이 태어난 걸 알고 할아버지와 아버지가 밤새 머리를 맞대고 옥편을 찾아가며 '완서'란 이름을 지었다고 했다. 작가는 유년 시절을 떠올리면 주로 사랑받은 기억만 난다고 했다.

"아무에게도 사랑받지 못하는 사람처럼 불쌍한 사람은 없다"라는 문장에서 인상이 찌푸려졌다. 사랑받지 못한 게 어디 내 잘못인가. 근데 진짜 내가 사랑을 못 받았나? 나는 오빠와 동생 사이에서 구박만 받고 살았던가? 어린 시절을 떠올려 본다. 남해 한산도에 여객선을 타고 여행을 간 기억이 난다. 동생과 나는 하얀 모자와 원피스를 입고, 오빠는 하얀색 반바지를 입고 있다. 부모님과 삼 남매 모두가 함께 간 첫 여행이다. 나 혼자 멀미를 심하게 했다. 속이 뒤틀리고 머리가 뱅뱅 돌았다. 아버지가 계속 내 등을 쓸어주고 머리를 차게 해줬던 기억, 부모님의 걱정하던 눈빛이 기억난다.

아버지는 술을 좋아하셨다. 술에 많이 취하신 날은 한밤중에도 봉지 가득 빵을 사 오셨다. "동욱아, 지선아, 지영아, 빵 먹어라." 하며 우리를 깨우셨다. 입 짧은 오빠와 어린 여동생은 졸려서 안 먹었다. 나는 눈을 비비면서도 단팥빵과 도넛을 맛있게 먹었다. 술 드신 아버지가 흐뭇하게 나만 바라보는 게 좋았다. 마당에서 키우던 개 '백구'가 밤에 대문을 자꾸 긁어대서 내가 문을 열어준 적 있다. 한밤중에 갑자기 어딜 가려고 저러나 지켜봤는데, 자꾸 집에서 멀리 걸어갔다. "백구야 어디 가노? 돌아와" 소리 질렀다. 백구는 몇 번이나 뒤돌아보면서 돌아오지 않고 휘청휘청 어둠 속으로 가버렸다. 아침까지 돌아오지 않았다. 문을 열어주지 말았어야 했다. 나 때문이란 생각에 며칠을 울었다. 학교 마치고 집에 오면 반기던 백구의 빈자리를 보며 더 눈물 났다. 아버지는 "백구가 그동안 밥도 안 먹고 아팠잖니. 죽을 때가 되어, 집에서 죽는 모습 보이지 않으려고 집을 나간 거다." 백구가 나에게 좋은 기억만 남기려고 집 나간 거라며 그만 울라고 하셨다. 백구가 더 그리웠다. 다음 날, 늦게 들어오신 아버지는 단팥빵이 아닌 '하얀색 강아지 인형'을 내게 주셨다. 어린 맘에도 웃음이 났다. 그 후론 아버지 앞에선 울지 않았다.

초등 6학년 때 아버지께서 하던 사업이 결국 부도가 났다. 중고등학생 시절은 부모님이 싸운 기억만 있다. 그 시절을 색깔로 떠올리면 회색이다. 대학 시험에도 떨어졌다. 집 형편이 어려운 줄 알면서도 재수하고 싶다고 용기 내어 말했다. 반대할 줄 알았던 엄마는 순순히 그러라고 했다. 엄마는 재수생의 학원비 마련을 위해 신발 공장에 취직해서 밤샘 작업을 하고 오셨다. 한때 여러 명의 직원에게 월급을 계산해 주던 사모님이었던 엄마다. 부모님은 오빠, 동생과 똑같이 나를 사랑하셨다. 부모가 되고서야 알겠다. 사랑을 받고 자란 사람은 다른 사람을 사랑할 줄 안다. 작가가 말한 '아무에게도 사랑받지 못하는 사람처럼 불쌍한 사람은 없다'에서 방점을 '아무에게도'에 찍고 싶다. 살면서 한 번도 사랑받지 못한 사람은 없을 테다. 누구나 한번은 따뜻한 눈빛을 받은 기억이 있을 테다. 그 기억을 잊지 말아야겠다. 사랑받았던 기억이 다른 사람을 사랑할 수 있게 한다.

내가 3년 전부터 윗사람에게 결재받으러 갈 때 또는 마뜩잖은 자리에 갈 때 늘 중얼거리는 말이 있다. "나는 당신을 사랑합니다."와 "감사합니다."이다. 그렇게 중얼거리고 얼굴을 대하면 내 입가에 미소가 번진다. 습관처럼 항상 속으로 감사와 사랑을 중얼거린다. 사람 사이에서 지칠 때 더 자주 중얼거렸다. 희한하게 일이 수월하게 처리되었다. 예전엔 주위 사람들에게 조언이랍시고 돌직구를 날릴 때도 있었다. 사람들을 볼 때 단점부터 보였다. 사람들이 나를 피해 다녔다. 사랑과 감사의 말을 중얼거리는 지금은 사람들의 예쁜 모습과 장점만 보인다. 내 마음이 오히려 더 편해졌다.

적당한 거리가 필요해

서한나

첫 직장 직원은 서른 명이고, 우리 팀은 세 명입니다. 주임 A, 직원 B, 그리고 나. 갓 입사한 사회 초년생입니다. 이리저리 눈치 살폈지요. 아무것도 모르는 나에게 B 선배는 이것저것 알려줬습니다. 회사 이야기, 이용자에 대한 정보, 관·국장과 동료 직원에 관한 이야기까지요. 인수인계서에는 적히지 않은 내용입니다. 회사나 동료에 대해 아는 게 없으니 좋은 정보라고 생각했지요. 귀담아들었습니다.

말 걸어주고, 회사 일 알려주는 B 선배. 주임 A보다 나를 챙겨준다고 느꼈습니다. 세 명이 번갈아 가며 일했습니다. 같이 근무하는 시간도 B 선배가 더 많았지요. 회사 끝나면 따로 만나기도 했지요. B 선배는 A주임에 대해서 말했습니다. 회사 정보, 뒷이야기까지 알려주었습니다. B 선배 말에 맞장구를 잘 쳤기 때문일까요. 어느 순간, 불만도 서슴없이 말했습니다. A주임보다 먼저 입사한 B 선배.

관리자와 사이가 좋았던 A가 먼저 승진했다고 이야기 해줬지요. 둘은 동갑이고, 입사 선배인 자신보다 A가 먼저 승진해서 자존심이 상해있더군요.

좋은 얘기도 한두 번 들어야 좋지요. 똑같은 이야기 반복하니, 기가 빨렸습니다. B 선배가 이야기할 것 같으면 일이 있는 척 자리를 피했지요. 이야기 들어도 맞장구를 치지 않고, 반응을 줄였습니다. 며칠 뒤 B 선배는 왜 자기 얘기에 반응이 전과 달라졌냐고 물었습니다. 당황한 저는 그냥 얼버무렸습니다. B 선배와 서먹해졌습니다. A주임과도 사이가 애매했지요. B 선배와 친하게 지낸다는 인식이 박혔기 때문이었습니다. 둘 사이에서 어떻게 해야 할지 몰라 난처했습니다. 첫 직장생활, 관계로 힘들어질지 미처 생각 못 했습니다. 입사한 지 1년이 채 되기 전이었지요.

A, B와 멀어지고, 회사에서 겉돌았습니다. 사무실 자리에 앉아있으면, 주변 소리가 들립니다. 회사 이야기부터 사적인 대화까지 오갑니다. 듣고 있지만, 끼어들기 어려웠지요. 서로 말하다가 일부 이야기는 메신저로 합니다. 갑자기 대화가 끊기고 키보드 소리만 들립니다. 친하게 지내는 사람 옆에 지나가면 얘기하며 지나갑니다. 제 자리는 조용합니다. 지나다니는 길목이어도, 대화하는 사람이 없습니다. 다들 친하게 지내는 것처럼 보입니다. 친구들 이야기를 들어보면 동료와 잘 지내는 경우가 많았습니다. 회사 끝나고 모여 같이 시간 보내며, 스트레스도 푼다고 했지요. 부러웠습니다. 회사에서 친하게 지내는 사람이 없는 저와 비교하게 되었지요. 업무적으로

필요한 이야기가 아니면 대화할 일이 없었으니까요. 사무실에 있는 시간이 싫었습니다. 제 자리만 투명막이 있는 것 같았습니다.

A가 다른 부서로 이동했습니다. 새로운 주임 C가 발령받았지요. 일하기 전 면담했습니다. C 주임은 제게 어려운 일이 있냐고 물었지요. 직장생활을 이야기했습니다. 모두와 어색한 사이가 되었다고 털어놨습니다. 관계 때문에 일할 때 불편한 마음이 든다고 말했지요. C 주임은 자신도 직장에서 상사와 관계가 좋지 않아 힘들었던 이야기를 해줬습니다. 제 마음도 잘 헤아려 줬지요. 직장에서 모든 사람과 친하게 지낼 수 없으니 적당한 거리를 두는 게 좋겠다는 조언도 해줬습니다.

어려웠던 마음을 추스를 수 있는 계기가 되었습니다. 상황이 달라지는 않았습니다. 하루아침에 친해질 수는 없으니까요. 직장에서 대인 관계에 연연하지 말자고 생각했습니다. 꼭 직장에서 사람들과 어울려야 한다는 법은 없으니까요. 고등학교, 대학교, 교회 등 친구 있습니다. 다른 곳에서 마음에 맞는 사람들과 어울리면 되니까요.

이직했습니다. 전 직장에서와 같은 실수는 저지르고 싶지 않았지요. C 주임 조언을 생각했습니다. 적당한 거리를 두기. 어떻게 하면 좋을지 생각하고 해봤습니다. 첫째, 동료의 사생활에 관심 두지 않았습니다. 상대방이 말하지 않으면 굳이 묻지 않았습니다. 대화하다 보면 자연스럽게 이야기하게 되기도 하지요. 그럴 때 동료에 대해 아는 것만으로도 충분했습니다.

둘째, 이야기에 호응하되, 험담에는 반응하지 않으려 했습니다. 여러 사람이 모여있으면 다른 사람 이야기 나올 때 있습니다. 험담을 듣게 될 때, 영혼이 없는 것처럼 반응하는 거죠. 같이 맞장구를 치면 이야기만 길어질 뿐이니까요. 필요하면 자리를 뜨기도 했습니다.

셋째, 일로 상대방을 존중하려고 했습니다. 일 때문에 만난 사이지요. 일을 우선으로 하려고 했습니다. 업무적으로 좋은 관계를 유지하려고 했습니다. 일로 도와야 할 것이 있다면 협력하려고 노력했지요.

첫 직장에서 동료에 대해 어려움이 없었다면 생각해 보지 않았을 겁니다. 덕분에 동료들과 잘 지낼 수 있었습니다. 마음이 맞는 동료들도 생겼지요. 동료들에게 좋은 평도 들었습니다. 더 이상 투명 칸에 갇힌 것 같다고 생각하지 않게 되었지요. 일하려고 직장에 갑니다. 일만 할 수는 없습니다. 하루에 여덟 시간 넘게 같이 일을 하는 동료들. 가족보다 오랜 시간 같이 있기도 합니다. 관계가 불편하면 신경 쓰입니다. 일에 집중해야 할 시간에 상대방 신경 쓰느라 일이 안 되는 경우 생깁니다.

일할 때 관계가 좋으면 업무 분위기가 좋아집니다. 일에만 집중할 수 있는 환경이 되는 것이지요. 도움이 필요할 때 요청하기도 수월합니다. 친하면 사정을 아니 더 잘 도와주게 되지요. 업무로 힘들 때 든든한 지원군이 되어주기도 하고요. 팀워크가 좋아지니 업무

성과가 나게 됩니다. 일에 대한 만족감이 높아지기도 하고요. 좋은 관계를 유지하면 직장생활을 하는 데 도움이 되더라고요.

서점에서 제목이 눈에 띄어 책을 한 권 샀습니다. 〈관계에도 연습이 필요합니다〉입니다. 제목만으로도 내용을 알겠더라고요. 어렵다고 생각하지 말고, 연습하면 된다고 생각하게 되었지요. 책을 읽다 보니 예전에 고민했던 내용들이 담겨 있습니다. 직장생활 떠올라 공감됐습니다. 저자는 말합니다.

'관계 연습이 필요합니다. 제가 만난 직장인들, 학생들, 지인들, 모두의 소망은 관계의 단절이 아니라 소통과 연결이었습니다. 타인으로부터 나를 지키는 단호하고 건강한 관계의 기술은 배우고 꾸준히 연습하면 내 것으로 만들 수 있습니다.'

상대방과 거리를 둔다는 것을 처음 해봐야겠다고 생각했을 때, 내 행동이 사람들에게 오해가 되지는 않을지 걱정했습니다. 사람을 가린다거나 피한다는 느낌이 들것 같았지요. 거리를 두는 것을 연습해 보니 상대방을 존중하는 태도가 밑바탕이었습니다. 나를 존중하는 방법이기도 했고요. 대인 관계에서 어려움이 생길 때 이 책을 한 번씩 훑어봅니다. 나와 상대방 거리가 건강한지 떠올려 봅니다

이제 그만. 지금 이대로도 괜찮아

오정희

상조회 가입을 안 했다. 행정실에서 가입 여부를 확인하는 전화가 왔다. 수요일 오후엔 상조회장이 메시지를 보냈다. 간단한 질문과 함께 환영회 참석 여부를 묻는다. "불참합니다."라는 메시지를 보냈다. 바로 전화가 왔다. "네, 참석 안 합니다."라고 답했다. 그러면 자신이 보낸 질문에 답이라도 해서 보내달란다. 전화를 끊고 불참하는 대신 보낼 사진을 찾는다. 나를 소개할 만한 사진이 없다. 이럴 줄 알았으면 미리 프로필 사진이라도 근사하게 한 장 찍어두었으면…. 메일을 열었다. 이력서를 보냈던 메일을 찾아 사진을 복사해 별명과 MBTI를 적어 보냈다. 퇴근 시간, 환영회에 참석하는 선생님들이 삼삼오오 짝을 지어 카풀을 한다. 평소보다 빠르게 차들이 주차장을 빠져나가고 있다.

올해는 처음 기간제 교사를 시작할 때처럼 중학교 2학년 담임으로 근무하고 있다. 학생이 없어 폐교된 학교, 입학생이 없거나 한두 명인 학교 등 곳곳에서 학령인구가 감소하고 있다는 뉴스를 본다. 하지만 이곳은 학령인구가 감소하고 있다는 사실을 체감하지 못한다. 약 1,500명 정도의 학생과 100여 명의 교사가 근무하고 있다.

남에게 폐 끼치지 않으면서 좋은 사람으로 인정받고 싶었다. 어제보다 좀 더 나은 나의 모습이길 바라면서 열심히 노력했다. 해마다 더 열심히 하면 했지, 덜하지는 않았다고 생각한다. 그러다 어느 순간, 거기까지가 한계라는 생각이 들었다. 달라지는 것 없이 매번 같은 과정의 되풀이가 반복될 것이라는 말로 표현할 수 없는 불안과 자괴감이 느껴졌다. 마흔네 살에 다시 사회생활을 시작하면서 나는 내 모습이 아닌 타인의 시선에 맞춰진 모습으로 살았던 것 같다. 다른 사람의 평가에 신경 쓰며 좋은 사람으로 보이고 싶어서 마음과 달리 웃음 지을 때도 많았다. 다투는 게 싫어 솔직한 마음을 드러내지 않고 참기도 했다. 능력 없는 사람으로 보일까 봐 내게 주어진 일은 무조건 하겠다고 했다. 그렇게 2008년부터 지금까지 거의 매해 학교를 옮겨 다니며 생활했다. 나의 모습이 아닌 타인의 시선에 맞춰가고 있는 내가 보였다. 하니는 초등학교 2학년, 유니는 어린이집을 다녔다. 집안일에 아이들 돌봄과 익숙하지 않은 일을 병행하다 보니 주어지는 일을 익히고 적응하는 것도 힘들었다. 내 생각이라는 것이 자리 잡을 시간도 여유도 없었다. 내게 주어진 일은 모두 내가 해야 할 일이었다. 그렇게 오랜 시간을 지나왔다. 아이들이 컸고 일에도 조금 익숙해졌다. 시간적 여유도 생겼다. 생각이 많아졌다. 나는 많이 달라졌는데 나의 상황은 바뀐 게 하나도 없었다. 이번이 학교생활 마지막이라는 생각을 하면서 불편한 마음 갖지 않으려고 했다. 겨울방학이 다 지나도록 그냥 있었다. 다음 학년도 학교는 찾아보지 않았다. 2월이 거의 끝나갈 무렵 딸아이와 영화를 보고 집으로 돌아오는 길이었다.

"이번엔 학교 어디로 가?"

"아무 데도 안 가."

"왜?"

"그냥, 이젠 그만하려고. 다른 거 하고 싶어."

유니의 수능 점수는 기대한 만큼 잘 나오지 않았다. 원서를 넣을 생각도 하지 않는 눈치다. 다시 입시에 대한 계획을 말한다. 그날 저녁 집으로 돌아와 교육청 홈페이지에 들어가 아직 남아있는 기간제 교사 자리가 있는지 찾아보았다.

3월 2일 개학 날, 배정된 부서로 바로 출근했다. 낯설었다. 신학기 워크숍이라도 참석했었다면 덜 했을 것이다. 내 자리가 어딘지 몰랐다. 할 수 있는 게 없어서 그냥 서 있었다. 그때 부서로 들어온 선생님의 모습에 익숙한 느낌이 들었다. 과학과, 내 기억에 남는 선생님 몇 분이 계신다. 그중 한 분인 것 같은데, 얼른 생각나지 않았다. 10년도 넘었다. 처음 학교생활을 시작하면서 잠깐 3개월 정도 근무한 중학교에서 만난 과학부장 김 선생님이다. 세 번째 학교였다. 제일 짧은 시간을 보냈지만, 많은 기억이 남아있는 곳이다. 격주로 토요일 등교하는 때였고, 유치원생이었던 유니를 데리고 출근한 적도 있었다. 아이를 데리고 간 나는 조용히 교무실 한쪽에서 놀고 있으라 하곤 수업했지만, 혼자 있을 아이가 신경 쓰였다. 혼자 심심해할 거로 생각했던 아이는 과학실에서 학생들이 만들어 놓은 롤러코스터에 쇠구슬을 굴리며 놀고 있었다. 학생들의 작품은 아이의 새로운 놀이기구였다.

　과학 수업도 이론 수업을 더 많이 하던 때였다. 실험 준비, 예비 실험, 수업 뒷정리까지 만만치 않았다. 실험실 보조 인력은 없었다. 그런데도 과학실에서 실험복 입히고 학생들과 자주 실험활동을 했다. 학생들은 실험 가운 하나 입는 것만으로도 태도가 달랐다. 과학 수업에 온 마음을 다하는 선생님이라는 생각이 들었다. 말하지 못하고 내 생각으로만 간직했었던 그때의 내 마음을 전했다. 내 자리는 김 부장 선생님과 마주 보고 앉았다. 오래전 헤어졌던 반가운 지인을 만난 듯 우리는 가끔 수업이 없는 시간에 함께 걷기도 하고 방과 후에는 차도 함께 마시고 내가 즐겨 가는 절, 검단사에도 함께 갔다. 과학부 일을 함께하니 힘든지 모르고 재미있었다. 일이 많아서 힘들겠다는 말들을 다른 부서 선생님들이 많이 했지만, 힘든 것은 사실이지만 즐겁게 할 수 있었다. 고등학교가 처음이라 걱정이 많다는 김 선생님은 쉬는 시간마다 공부했다. 과학 중점학교 학생들이라 더 신경 쓰인다면서. 나는 그런 선생님의 모습도, 다시 만난 것도 모두 좋았다.

이젠 좋은 기억만 추억하고 싶다. 가끔 생각지도 않게 욱하고 분노 게이지를 올리는 사람들이 있다. 하지만 생각을 바꾸기로 했다. 타인의 생각보다 내 생각을 우선하고, 할 수 있을 때까지 일하는 액티브한 삶을 살자고. 나의 마음을 먼저 살피고 내가 할 수 있는 만큼의 열과 성을 오늘도 다하고 있다. 고된 하루를 보내고 있다. 요즘은 옆자리 샘들이 너무 애쓰지 말라고 한다. 그렇게 애쓴다고 애들 달라지지 않는다며 적당히 하라고 한다. 그런데 지금은 내가 적당히 하고 싶지 않다.

어제도 종례 후 학생 상담하다 보니 퇴근 시간이 지났다. 학생을 보내고 교무실로 돌아오니 모두가 퇴근하고 정리되지 않은 내 책상의 노트북만 켜져 있었다.

이젠 스스로 합격점을 주려고 한다. 지금, 이대로도 괜찮다는 생각. 참고, 버티고, 억지로 웃는 가면을 벗는다. 남들 눈치 따위 신경 쓰지 않고 내가 원하는 삶, 나답게 살 용기를 갖는다.

애초에 100점짜리 인생은 없으니 지금 이대로도 합격이라고.

이은정

"이 선생, 외부 강의를 그렇게 많이 하면 연구는 언제 해?"

어떤 강의든 연락이 오면 무조건 오케이 하라며, 연구와 강의도 게을리하지 말라며 격려해 주었다. 일류와 이류의 차이는 '영어 실력'이 좌우된다며 틈틈이 영어 공부도 해두라고 조언도 했다. 어느 날, 학회에서 새로운 학문을 접했는데 흥미로웠다고 했더니 역정을 냈다. 전공이 아닌 다른 걸 공부할 거면 그 교수 밑에 가서 연구하라고. 학문과 관련해서 지도교수님과 공유해야 한다고 생각했던 마음이 철저히 무너졌다. 언행일치가 안 되는 모습에 혼란스러웠다. 어쩌면 인생을 흔들 만큼 엄청난 사건이었다. 거짓 없이 모든 걸 있는 그대로 말하면 안 되는 거였다. 예민하고 피곤한 사람으로 비친다는 걸 알아버렸다. 결국엔 입을 다무는 편이 낫다고 정의했다.

"기분 나쁘게 듣지 마."

"다 이 선생을 위해 하는 말이야."

지적을 받으면 온종일 신경이 쓰인다. 겉으로 보기엔 달콤해 보이지만, 한 입 깨물면 지옥의 맛을 느끼는 다크 초콜릿처럼. 나에 대한 불만을 돌려서 말한 거라 판단했다. 특히 평가하고 있다는 느낌이 들면 불쾌하고 속상했다. 그때는 몰랐다. 교수님이 나를 평가하는 것에 지나치게 예민하게 받아들이는 이유를. 난 강한 존재인 줄 알았는데, 오만했다. 공부하면서 깨달았다. 자존감이 낮을수록 남의 평가에 휘둘릴 수밖에 없다는 걸. 어떻게 하면 지적당하지 않고 일을 해낼까에 초점을 두었다. 거기에 신경이 곤두서 있으니, 부담감만 커졌다. 대학 강의, 연구, 프로젝트, 외부 특강까지 어느 것 하나 포기할 순 없었기에 나름대로 최선을 다했다. 누군가의 의중이 아니라 내 일에 집중한 거다. 중심은 나에게 있으니까! 언제부턴가 격려보다는 지적하는 빈도가 잦았다. 연구실로 호출하면, 문 앞에서 길게 숨을 내쉬고 노크했다. 이야기를 듣고 나올 땐, 연구실 탁자 위에 다 버려두고 간다고 상상하며 문을 나섰다. 충고를 잊어버리고, 그냥 평소대로 내 일에 집중하리라 마음먹은 거다. 그때 알았다. 우려했던 만큼 큰일이 벌어지지도 않고, 그렇게 해도 아무렇지도 않다는 것을.

사람의 마음을 풀이하는 '일관성의 법칙'. 한결같은 사람으로 보이고자 하는 심리를 말한다. 처음 만났을 때처럼 변함없는 사람이 되고 싶은 마음이다. 오락가락하는 모습은 괜히 줏대가 없어 보인다. 어제 친절했으니, 오늘도 친절한 모습으로 보이고 싶은 거다. 기분 나쁜 상황에도 티를 안 내고 웃는다. 어제와 같은 나를 보여주기 위해서. 심지어 까칠한 사람도 한결같이 까칠하게 보이려고 노력한다. 어제는 '쿨'했는데 오늘 갑자기 살갑게 웃어주면 괜히 민망하기 때문이겠지. 이른바 친한 척 흉내 내기라도 하듯. 부탁을 거절하지 못하는 어리석은 상황에 자주 빠졌다. 어제 부탁을 들어준 나, 오늘도 부탁을 들어주며 한결같은 모습으로 보이고 싶었나 보다.

살면서 별것 아닌 일로 치부되는 일들이 있다. 안타깝게도 그런 일은 생각보다 많았다. 아프다는데 의사가 질병이 아니라고 말하면 치료를 못 받는다. 마음의 병도 마찬가지다. 남편에게 상처받았다고 말했는데 대수롭지 않게 치부해 버린 적이 있다. 내가 바보라서 그런 일을 당한 거라며 핀잔도 주고. '멍청이처럼 당하고 있냐? 답답하네' '한두 번도 아니고!' '처음부터 내가 말했지. 아무도 믿지 말라고!' 쉽게 조언했다. 너무나 직설적이고, 잔인할 정도로. 그 조언 속에는 나의 책임도 분명히 있다는 암시가 걸려 있음을 안다. 더는 의지하고 기댈 곳이 없다고 느낀 순간이었다. 상처를 상처로 인정해 주지 않고, 문제를 문제로 삼아주지 않으니. 오히려 이런 내가 불편한 사람은 아닌지 의심했다. 궁극엔 문제를 바로잡는 일을 포기했다. 〈적당히 가까운 사이〉라는 책에서 저자 댄싱 스네일은 말한다. '상대방이 원하지 않는 응원은 결코 상대를 위한 응원이 될 수 없다.' 그렇다. 아무리 좋은 이야기라 할지라도, 상대가 먼저 그 조언을 구할 때야 비로소 좋은 조언이 되는 거다. 응원도, 위로도, 격려도, 충고도.

"안 될 것 같아요. 미안해요."

이 말을 하기가 어렵다. 누군가 부탁을 하면 거절하지 못한다. 가장 어려움에 직면하는 순간이다. 쥐뿔도 없으면서 도와주겠다고 오지랖이다. 관계에 대한 기대치가 크기 때문일까. 그 마음을 잘 살펴보았다. 주변에서 나를 싫어하는 사람이 한 명도 없기를 은연중에 바라는 건가, 의심해 보았다. 과거엔 관계를 유지하기 위해 항상 먼저 연락했었다. 문자를 정기적으로 보내기도 했고 소소한 선물도 챙겨주었다. 시간과 에너지를 오롯이 관계에 허용했다. 그렇다고 관계가 잘 풀린 건 아니었다. 사람들이 나를 어떻게 보면 좋을지에 대한 나만의 기대치! 바보 같지만, 여전히 잘 안된다. 기대치가 크다 보니 실망도 많았다. 이용당하는 일은 허다했고, 반복되다 보니 관계가 위축되기까지. 사람들에게 최선을 다했다고 여겼다. 아쉽게도 상상했던 기대치에 미치지 못할 때가 비일비재했다. 오히려 내가 잘못한 것 같아 당황스럽고 아팠다. 과연 내가 인간관계에 집착했던 걸까.

마음을 괴롭혔던 에피소드 중에서 그 이유를 찾아보았다. 그 안에서 고군분투하고 있는 나를 안아준다. 첫 번째 미션은 과거의 나에게 공감의 언어를 건네는 거였다. 동시에 회피하던 습관을 하나씩 버렸다. 의도적으로 일부러라도 부딪혀 봤다. 지금까지 피했던 상황들, 이제부터는 불편함을 감수하고 맞닥뜨리기로 했다. 어차피 피해도 불편한 거라면, 부딪혀서 불편한 게 문제는 아니니까. 사람들과 무의식적으로 주고받는 에너지는 5:5로 딱 떨어지지 않는다. 내가 아무리 노력한다고 해도 나를 좋아하는 사람, 싫어하는 사람, 이도 저도 아닌 사람은 분명히 있을 테니까. 모든 사람이 나를 좋아하면 좋겠다는 마음을 내려놓았다. 관계에 집착도 하지 않았다. 엉뚱한 곳에서 노력하니깐 더 상처받고 힘들었음을 알기에. 요즘에는 '시절 인연'이라 생각하니 편하다. 갑자기 연락 안 하는 지인들, 점점 멀어지는 인간관계들 때문에 적어도 상처받지는 않는다. 앞으로 만날 시절 인연들도 무궁무진하게 많아질 테니까.

관계에 있어서 중요한 건 자존감이다. 그것으로부터 시작된다. 자존감은 세상 살아가는 데 탄탄한 기둥이다. 무너지지 않는 탑. 어떠한 상황이 닥쳐도 나를 존중하며 인생을 살아가면 된다. 내가 나를 어떻게 생각하는지에 따라 관계가 편하게 될지 어려운 길로 갈지 결정되니까. 사람들과 적당히 거리를 두고, 오롯이 나에게 집중해 본다.

화병 같은 사람

이은희

나는 '연쇄 식물마'다. 내 손을 거치면 다 죽어 나간다. 식물 키우는 일은 덜렁대는 성격에 도통 맞지 않는다. 그런데도 봄이 되면 길가에서 파는 작은 화분들을 꼭 산다. 그 앙증맞은 아이들을 도저히 지나칠 수 없기 때문이다. 사장님은 물, 바람 그리고 햇볕을 적당히 주라고 했다. 적당히 주면 다들 저세상으로 떠났다. 나에게는 늘 그 '적당히'가 어려웠다.

<나라는 식물을 키워보기로 했다>라는 제목이 눈길을 끌었다. 누구보다 식물 키우는 일에 한 맺힌 사람이다. 내가 식물이라니. 오호! 참신하다. 식물은 힘들지만, 나라는 식물은 어쩌면 잘 키워볼 수 있겠다는 생각에 책을 집어 들었다. 사람과 식물을 비유한 문장들이 많았다. 그중 내 것으로 가져가고 싶은 문장을 만났다.

"나는 화병 같은 사람이 되어보자. 꽃 같은 사람들을 한 아름 품

는 사람. 너는 이런 점이 어여쁘고, 너는 이런 점이 향기롭고, 너는 이런 점이 싱그럽다고 알아보는 사람. 다른 사람 안에서 예쁜 꽃 같은 면들을 발견하는 사람."

다들 빠릿빠릿했다.
'나만 또 어리바리했구나.'
신학기다. 정들었던 동 학년 선생님들과 흩어졌다. 인복이 넘쳤던 한 해였다. 서운한 마음을 뒤로 하고 새로운 교무실로 이동했다. A4 상자에 잔뜩 짐을 쑤셔 넣고 5층으로 올라갔다. 숨을 크게 들이마시고 학년실 문을 열었다.
"안녕하세요!"
다들 노트북 화면만 바라보고 있다. 머쓱했다. 유독 날이 추웠다. 새 학년실 공기는 더 추웠다. 만나면 반갑다고 인사할 법도 한데…… 목이 잠겼다. 들고 있던 짐을 공용 탁자에 올려놓았다. 다들 짐이 책상 위에 정리가 되어 있었다. 이미 정해졌나? 보통은 함께 모여 업무별로 혹은 과목별로 자리 배정하는 과정이 있다. 내가 생각하는 절차와 달리 다들 아침부터 분주하게 움직여서 좋은 자리를 찜했다. 여기에서 '좋은' 자리란 창가 혹은 구석 자리다. 타인 혹은 외부 영향을 적게 받는 자리. 결국 남는 자리는 타인 혹은 외부 영향을 가장 많이 받는 자리, 복사기 근처 문 쪽이었다. 복사기는 쉴 틈 없이 돌아가고 지나가는 누구라도 내 노트북 화면을 훤히 볼 수 있는…….

학년 부장님에게 자리 배정에 대해 논의해 보자고 했다. 회의에서 이야기가 나왔지만, 누구 하나 기꺼이 아침부터 찜한 자리를 내어 줄 기미가 없었다. 알겠다고만 하고 자리에서 일어났다. 좋은 자리에 앉지 못했다는 생각보다는 그들의 '태도'에 상처를 받았다.

"지이이직! 직직!"

"딕딕딕디이이! 디디딕!"

"치이이익 치치!"

컬러 프린터, 복사기, 작은 프린터가 쉼 없이 돌아간다. 자리 뒤에는 출력기 세 대가 나란히 있다. 이 하모니를 수시로 들으며 업무를 했다. 미쳐 환장할 것 같았다. 신학기 첫날, 반 아이들에게 강조했다.

"서로 다르더라도 다 장점이 있으니 그 장점을 보면서 함께 어울리세요."

부끄럽지만 정작 나는 그들과 어울리고 싶은 마음이 없었다. 친해지고 싶은 마음은 일찌감치 접어두었다.

'어쩜 저렇게 약삭빠를까? 딱 그 마음만큼만 대할 거야.'

마음은 그렇게 먹었지만, 그 순간부터 내가 불편했다. 수업이 없는 시간은 교무실에 정적만 흘렀다. 절이 따로 없었다. 가끔 헛기침 소리와 키보드 소리가 전부였다. 직장에서 큰 즐거움은 동료와의 수다다. 큰 낙을 포기해야 했다.

"선생님! 잠깐 이야기 좀 할 수 있을까요?"

동료가 나에게 대화를 좀 하고 싶다고 했다. 의아했다. 함께 걸어 갔다. 궁금했지만, 묻지 않았다. 복도 끝에 다다랐다. 침묵이 흘렀 다. 그녀는 한숨을 크게 내쉬었다. 그리고 내 눈을 바라봤다. 무언 가 말하려다가 울컥한다. 눈에 눈물이 그렁그렁 맺혔다. 한참 동안 기다렸다.

"정말 미안해요."

뒤늦게 상황을 전해 들었다. 마음이 잘 맞지 않은 동료와 동 학년 이 되어 어쩔 수 없었다고 했다. 멀리 떨어지기 위해서 자리를 미리 정했던 거라며. 의도치 않게 상처를 줘서 미안하다고 했다. 몰랐다. 그런 속사정이 있는 줄.

그날도 창문을 열었다. 찬 바람이 훅 들어왔다. 닭살이 돋았다. 괜찮다. 머리 아픈 것보다 얼어 죽는 게 낫다. 복사기 소리는 견딜 수 있었지만, 복사기 냄새는 견디기 힘들었다. 영하의 날씨에도 매 일 같이 동료들이 없을 때 창문을 열어 환기를 시켰다. 종이 울리고 수업 끝난 선생님들이 돌아왔다. 그중 한 명이 창문을 바로 닫는다. 추운데 왜 자꾸 창문이 열어져 있는지 모르겠다며…… 사실 복사 기 냄새 때문에 창문을 열었다며 사정을 이야기했다. 우연히 내 사 정을 들은 동료가 제안했다.

"나랑 자리 바꿔요! 저는 괜찮아요."

계속 사양했지만, 그분은 한사코 바꾸자고 했다. 결국 염치없게 자리를 바꿨다. 그분은 이미 정리된 많은 짐들을 옮겨야 했다. 동료의 배려 덕분에 나는 복사기로부터 그나마 멀어질 수 있었다.

'너무 이기적이야.'

'너무 업무적이야.'

'너무 새침해.'

한 명 한 명 단점을 봤다. 내가 더 힘들었다. 가장 편해야 할 공간에서 이방인처럼 마음이 떠돌았다. 그들 나름대로 어쩔 수 없는 상황이 있었다. 그리고 누구보다 따뜻했다.

한 달이 지났다. 업무 능력이 남들보다 더디다. 기계치라 컴퓨터 다루는 게 힘들어 주변인들에게 물어보기 일쑤다. 손이 많이 간다. 학급 자료를 만드는데 매끄럽게 만들기가 힘들다. 그때 노트북에 쪽지창이 뜬다.

"한번 만들어 봤는데 필요하면 쓰세요."

힘들게 만든 자료를 수시로 나눠준다. 그뿐 아니다. 누군가는 바쁜 아침에 김밥을 싸 오고, 또 다른 누군가는 수업이 없는 시간에 쓰레기통을 비우고 바닥을 쓰는 등, 온갖 허드렛일을 한다.

주변을 둘러봤다. 좋은 향이 그윽하다. 향기 나지 않은 나에게 향기 나는 주변인들로 가득하다. 요즘 '낙'이 생겼다. 화병처럼 그들의 장점을 하나도 놓치지 않고 보는 중이다. 하루하루가 신난다.

인정하기 싫어도 인생은 사랑이 전부

임주아

노희경은 드라마 작가이다. 그녀의 삶과 생각이 그대로 묻어있는 에세이 〈지금 사랑하지 않는 자, 모두 유죄〉를 읽다 보면 사람 사는 건 거의 비슷하다는 생각이 든다. 고민 없는 사람 없고, 사연 없는 사람은 없다고 사람들은 저마다 십자가를 하나씩 지고 있다. 작가 말대로 우리의 삶은 드라마보다 더 드라마 같은 이야기들로 가득하다. 작가가 쓴 드라마는 소설 같은 허구가 아닌 우리 삶에서 일어나는 이야기를 풀어내려 했다는 걸 느꼈다. 악역마저 그 삶으로 들어가면 '왜 그랬는지' 이해가 되는, 한 사람의 인생이 각자의 최선임을 아는 사람으로 느껴졌다.

깊은 통찰과 단호한 표현이 인상적인 글들을 보며, 상대적으로 깊이가 얕은 나를 보았다. 작가로서의 역량이 부족하다는 생각에 공부해야겠다는 반성마저 들게 했다.

사랑하지 않는 자는 모두 유죄다. 자신에게 사랑받을 대상 하나를 유기했으니, 변명의 여지가 없다. (p.16)

세상이 각박하다고 말하지 말고 내가 각박하게 살고 있지 않은가 생각해 보라. (p.101)

인생은 사랑하고 행복하면, 더는 다른 목적 없이 끝나도 좋은 것. (p.200)

이외에도 친구, 지난 사랑, 가족, 함께 일한 사람들과 작품에 관한 생각들을 난해한 말이나 어려운 표현 없이 섬세하게 글로 담았다. 우리가 살면서 느끼는 어려움을 다양한 표현으로 써냈다.

아무리 가족 사이일지라도 지칠 때가 있다. 한 가정 내에서 아버지, 어머니, 형제, 자매의 각자 위치와 역할로만 척척 돌아가면 좋겠지만 그렇지 못한 경우도 허다하다. 가족과의 사이가 좋지 않다면 다른 어떤 관계보다 고통과 상처가 클 수 있다. 사랑하는 사이라서, 함께 지내니 잘 안다고 생각해서 더 큰 상처를 주기도 한다. 심리학에서는 가까운 사람일수록 더 '선을 넘어 침범'하는 이유는 자신과 아끼는 사람을 동일시하는 경향이 있어서라고 한다. 내가 좋아하는 박상미 교수는 멀리서 쏜 화살이 내게 맞을 확률이 거의 없지만, 가까이서 쏜 화살은 백발백중이라 했다. 가족이나 친구처럼 가까운 사람에게 받는 상처가 유독 아픈 것이 그 이유이다. 아무리 가까운 사이라도 서로 존중할 수 있는 간격이 필요하다. 저자 역시 가족과의 사이에 깊은 갈등이 있었다. 그런데도 남는 건 용서와 사랑이라 했다. 차례로 가족을 보낸 작가의 마음엔 슬픔이 용서와 사랑으로 바뀌어 있다.

지지고 볶는 사랑

92세 엄마와 매일 싸우며 산다. 노인이 되면 뜻을 굽히고 자식들의 손을 들어준다는데, 우리 엄마는 그럴 생각이 전혀 없는 듯하다. 하루도 빠지지 않고 매일 이겨야 산다. 말다툼에서 내가 처음으로 이긴 날 엄마는 아파 몸져눕고 말았다. 그 후로 나는 엄마를 절대 이길 수가 없게 되었다.

하루는 엄마가 된장과 간장을 만들어야 한다며 메주를 주문하라고 했다. 옛날 어른들은 집안이 잘될지 못될지 된장 간장이 완성되는 것으로 판별했다고 했다.

"된장이 잘 됐느니 못됐느니, 집안이 잘되니 못되니 할 거면 아예 시작도 하지 마!"

어디 이런 일이 한두 번이랴. 앞으로 일어날 일이 미리 짐작되는 나는 독한 말을 한다. 엄마는 재수 덕 머리 없는 소리 한다며 쌍심지를 켠다. 일제강점기와 한국전쟁을 혹독히 겪은 엄마의 삶은 아직도 전쟁 중이다. 젊었을 적 여장군이라는 소리를 듣고 살았던 엄마는 여간해서는 만족을 모르기 때문이다.

내 친구들은 우리 엄마를 무서워한다. 같은 말도 얼마나 매섭게 찬 바람이 쌩쌩 부는지 지금 이 나이에도 한결같은 엄마를 보며 대단하다며 엄지를 들어 올린다. 몸은 앙상하게 말라 뼈밖에 남지 않았는데도 기세와 목소리는 여전하니 어쩌면 다행이다. 내 인생 48년. 세 살부터 시작해 단 한 번도 엄마와 떨어져 살아본 적이 없다. 결혼하고 아이 낳고 직장생활 29년 차다. 엄마가 없었다면 잘 살아낼 수 있었을까. 더불어 미래에 닥칠 '엄마 없는 세상'을 살아갈 수 있을까 걱정된다.

생면부지의 세 살배기 여자아이를 자식으로 받아들인 엄마다. 결혼에 두 번이나 실패해 남편도 없는 여자가 어찌 그리 강단 있는 결정을 내렸을까. 내가 엄마였다면 글쎄, 절대 그렇게 못 했을 것 같다.

자식 없는 엄마가 늙어서 말동무나 하려고 나를 키웠다는 말은 농담이었을 거다. 당신 혼자서도 입에 풀칠하기 어려웠던 시절이었다. 가난에 억지로 동참할 수밖에 없던 나는 불평불만이 많았다. 엄마는 책임질 입 하나가 늘어나 고되고, 내가 찌른 날카로운 말들 때문에 더 아팠을 거다. 험난한 세상에서 어쩌면 여장군이 될 수밖에 없었던 것은 정해진 일이 아니었을까.

SNS에 죽기 전 영상이나 글들이 많이 올라온다. 911테러에서 죽음을 앞둔 사람들은 문자나 메시지로 가족이나 연인에게 '보고 싶다', '사랑한다'를 가장 많이 남겼다. 세월호 아이들도 마찬가지였고,

죽음을 앞둔 노인들도 아픈 환자들도 모두 '하나같이' 사랑을 빼놓지 않았다.

지극히 현실적으로 당장 눈앞의 현재를 살아가느라 마음속 깊이 넣어두어 말하지 못했던 사랑. 내 마음 한번 제대로 표현하지 못하고 이별하게 된다면 얼마나 후회가 될까. 아끼다 똥 될 것 같아 입 밖으로 꺼내려 하면 닭살부터 돋는다. 도대체 뭐가 어디서부터 잘못된 걸까?

인정하기 싫어도 인생은 사랑이 전부다. 마음은 있어도 표현하기 힘들고, 말하지 못해서 어색하고 쑥스럽다. 〈지금 사랑하지 않는 자, 모두 유죄〉에서 사랑의 의미를 다시 생각하게 되었다.

제 피붙이도 버린 아이를 데려와 친자식처럼 키운 것은 사랑이다. 궁핍해도 아이 먼저 먹이고 재우고 입힌 것은 사랑이다. 딸이 결혼하고 아이를 낳았어도 떨어지지 않고 같이 사는 것은 사랑이다. 손녀 키우고 일하는 딸을 위해 몸이 허용하는 한 끝까지 부엌일을 했던 것은 사랑이다. 다 큰 중년의 딸에게 여전히 잔소리하는 것 또한 사랑이다. 엄마와 내가 함께 한 모든 시간이 사랑이다.

어느 날
말로만, 글로만, 입으로만
사랑하고, 이해하고 아름답다고
소리치는 나를 아프게 발견하다.

이제는 좀 행동해 보지.

타일러 보다.

– 노희경 (〈지금 사랑하지 않는 자, 모두 유죄〉 p.186)

엄마와 헤어지기 전에, 더 늦기 전에, 최소한 백번은 사랑한다고 말해야 한다고.

내 입과 닭살을 타일러 본다.

기대를 정리하는 중입니다

최주선

살면서 인간관계 때문에 힘든 순간 탓에 심리학 공부를 하고 싶었다. 실제로 심리상담사 공부하고 자격증까지 취득했다. 그리고 언젠간 인간관계에 관한 자기계발서를 써보고 싶다. 아직 엄두는 못 내고 있지만, 그날이 오길 바란다. 상담심리학을 배웠고, 자격증이 있다고 해서 인간관계에 문제가 없는 건 아니다. 여전히 지인과 가족들 간에도 관계의 지혜가 필요하다. 세상의 어떤 유명한 심리학 박사일지라도 인간관계에서 벗어날 수 없을 것이다. 모르긴 몰라도 쉽지 않을 거라고 본다.

유년기부터 성인이 된 지금까지 다양한 인간관계를 겪으며 힘들었고, 그 때문에 죽고 싶은 날도 있었다. 인간관계 때문에 목숨을 끊는 일은 없어야겠지만, 오죽했으면 그런 사람도 있을까 싶다. 친한 무리에서 잘 지내다가 뭔가 그들 맘에 안 들면 따돌림당했다. 소위 말하는 '생까는 주기'가 주기적으로 찾아왔다. 어렸을 때도 그런 친구가 있었고, 청년이 되어서도 있었다. 대부분 오해로 불거진 일이었다. 내가 의도했든 안 했든 전달되고 표현되는 과정에서 서로 기분이 상하거나 속상한 일도 더러 있었다. 처음엔 친구들이 나쁘다고 생각했다. 그러나 친구나 주변 사람이 바뀌면서 겪게 되는 비슷한 상황은 나에게 문제가 있는 게 아닌가 싶은 생각마저 들게 했다. 그리고 세상에서 가장 무서운 게 '사람'이라는 결론까지 내게 되었다. 한때는 나의 성격유형에 무슨 문제가 있나 싶은 생각마저 들었다. 나를 사랑스러운 눈으로 봤던 사람도 있었지만, 경멸의 눈으로 봤던 그 사람의 눈빛과 비아냥거리던 목소리가 아직도 기억난다. 그 누군가의 태도가 내 뇌리에 박혀있다. 자연스레 연락하지 않으면 안 했지, 내가 먼저 연락하지 말라고 매몰차게 군 적은 없다. 그저, 힘들 때마다 휴대폰의 연락처에서 그 사람의 이름을 지울지 말지 백번 고민하며 괜히 열었다 닫기도 했다. 상대방은 어떤지 모르겠지만 관계를 잘라낼 수 없어 혼자 고민했던 날도 꽤 됐다. 내 카톡 친구 목록에는 511명의 연락처가 있다. 휴대폰에 저장된 연락처는 몇 달 전 스마트폰이 리셋되면서 부모님과 가족들 연락처까지 몽땅 지워졌었다. 겨우 살린 연락처는 128개. 그러나, 그마저도 무의미하다. 그 많은 연락처 중에 최근 5년간 카톡 메시지 한 줄 주고받지 않는 사람이 수두룩하다. 몇 명의 지인이 있는지가 뭐가 그리 중요하다고 지나간 인연에 연연하며 이미 깨어진 관계가 다시 붙기를 애썼을까 싶다.

2020년 베스트셀러로 등극한 작가 이평의 〈관계를 정리하는 중입니다〉는 '착하면 손해 보는 세상에서 별의별 사람들을 겪고 사는 사람들에게 필요한 에세이'라고 소개한다. 제목도 카피 문구도 내가 참 많이 고민했던 내용이어서 단박에 공감되어 번쩍 집어 들었다.

〈관계를 정리하는 중입니다〉의 프롤로그부터 시작해 중간중간 나오는 내용이 꼭 내 이야기 같았다. 작가가 가진 연락처도 500명 남짓 되지만 연락하는 사람은 열 명 내외라고 했다. 나와 다른 점이 있다면 비슷한 경험을 대하는 작가의 태도나 문체가 '그까짓 거!'라며 시원하게 말하는 느낌을 받았다. 오히려 좋았다. 억지로 돌려서 따뜻하고 부드럽게 표현하려고 애쓰지 않고, 있는 그대로 "웅. 그래? 그럼 바이, 짜이찌엔. 너는 그래라 그래."라고 말하는 느낌을 받았다. 프롤로그에 담긴 휴대폰 연락처 이야기도, 멀어진 관계를 이어가야 한다는 강박관념에서 벗어나야 한다는 꼭지의 이야기도 내게 "나도 그러니까, 너도 그냥 인제 그만 애써도 돼."라고 말해주는 것 같았다.

죽고 못 살던 친구와 관계가 멀어졌을 때 생각했다.
'대체 내가 뭘 그렇게 잘못한 걸까? 나는 그들에게 중요한 사람이 아니었던 걸까? 나에 대한 신뢰가 그리도 없었을까? 지난 10년의 세월은 아무것도 아니었던 걸까?'

혼자 아무리 이야기해 봤자 결론은 나지 않았다. 그들은 내 이야기 듣기를 거부했고 그들끼리만 나에 관해서 이야기했으며, 그들 나름대로 정의와 결론을 내린 것 같았다. 안 봐야 생각나지 않고 속 편하겠다는 생각에 휴대폰 연락처를 삭제했다. 어차피 연락도 안 하고 살 건데 뭐 어떠냐며 카톡 연락처를 '숨김' 상태로 돌렸다. 눈에서 멀어지고 몸이 멀어지니 문제 될 게 없었지만, 여전히 뭔가 내 마음에는 늘 침체된 잔여물이 깨끗이 닦이지 않는 느낌이 있다.

'언젠가 때가 되면 다시 나를 찾아올까?'

'내가 어떻게 살고 있는지 궁금해하기는 할까? 어쩌다 한 번이라도.'

불과 1년 전까지만 해도 기대했다. 내가 먼저 여러 차례 연락했지만, 묵묵부답이었다. 여러 책을 보고 강의를 듣고, 새로운 인연을 만들어 나가면서 알았다.

"그럴 필요 없어. 지나간 것은 지나간 대로."

그저 인생의 많은 시기를 지나면서 그 당시에 내게 필요했던 사람들이 나와 함께 했던 거라고, 그렇게 길게든 짧게든 스치는 인연이라고 생각하면 된다고 정리되었다. 여전히 관계가 미숙하다고 느낄 때가 있다. 나는 아직 어른이 되지 못한 것일까 싶을 때가 있다. 사람의 감정은 아무리 어른이 되려고 애써 봤자, 어른이 될 수 없다고 생각한다. 감정이 드는 것은, 아이든 어른에게든 너무나도 자연스러운 일이기 때문이다. 다만, 얼마만큼 표출하고 정제시키느냐에 따라서 성숙이 정도가 나타나는 것이니 말이다.

진짜 '으른'의 만남이란, 가는 사람 붙잡지 않고 오는 사람 막지 않는 것, 반드시 걸러야 할 사람의 유형이 보이는 것, 대부분의 사람은 아군도 적군도 아님을 아는 것, 관계에서의 실망은 계절처럼 찾아오는 거라 여기며, 순간의 감정에 오래된 관계를 망치지 않는 것, 정도를 지키며 행복에 가까운 삶을 살아가는 것 〈관계를 이어가야 한다는 강박관념에서 벗어나기〉

책에서 이평 작가가 적어 놓은 이 문단은 내가 40년 살아오면서 얻게 된 교훈과 같았다. 사람은 기대하고 이해해야 하는 존재가 아니라 '사랑해야 하는 존재'라고 그렇게 배웠고, 알게 되었다.

"내가 너 이만큼 알아줬으니까, 너도 내 마음 좀 알아줬으면 좋겠어!"
"내가 이만큼 배려했으니까 나는 너에게 도움이 되는 사람이겠지?"
"부탁받은 일은 다 들어줬으니까, 관계가 계속 좋겠지?"

이런 생각처럼 지나친 기대를 하지도, 나보다 다른 사람을 먼저 배려하느라 나를 상하게 하지도 말아야겠다고 생각했다. 상대의 마음만 헤아리다가 나의 몸과 마음이 지쳐버린 경험을 줄이기 위해서라도 말이다. 지나간 관계에 연연하지 않기로 했다. 기다리거나 기대하지도 않기로 했다. 모든 만남에는 시기가 있고, 안 맞는 결을 억지로 맞출 필요가 없다. 다만, 여전히 오래된 인연과 내게 선물같이 찾아온 새로운 인연에 진심과 성의를 다하되, 내 감정과 기분, 상황을 좀 더 살펴주기로 했다.

부질없는 인간관계에 더 이상 힘 빼지 말기를. 어차피 남을 사람은 다 남는다.

제3장

내 삶이라 고맙다

문장에서 고마운 삶을 찾다

김단비

책과의 인연은 때론 우연처럼 찾아오며, 마법 같은 경험을 가져다 준다. 3년 전 생일날, 독서 모임에서 오랜 시간을 함께한 지인으로부터 카카오톡 선물을 받았다. 평소 집에 책이 넘쳐나는 터라, 책 선물을 받는 게 가끔은 부담스러웠다. 이미 가지고 있는 책일 경우 미안한 마음이 들고, 내 취향과 다를 때는 난감함을 느끼기 때문이다. 이러한 이유로 주변 사람들에게는 책 선물보다는 도서상품권을 주기를 바라기도 했다.

그러나 이번에는 달랐다. 5년이 넘는 시간 동안 같은 독서 모임에서 활동해 온 그 지인은 나의 독서 취향을 누구보다 잘 알고 있었다. 그녀가 선택한 책이라면, 분명 내 기대를 저버리지 않을 것이라는 호기심이 들었다. 그 호기심을 안고 카톡 선물함을 열었을 때, 나의 손에 들어온 책은 전승환 작가의 〈나에게 고맙다〉였다.

이 책은 처음 보는 순간부터 나에게 강한 인상을 가져다주었다. 어디서 들어본 작가님인데 생각하다가 책꽂이를 보니 〈내가 원하는 것을 나도 모를 때〉라는 책이 눈에 들어왔다. 그 책의 저자였다. 그때 주옥같은 문장들을 한 달 동안 나눠 읽으며 블로그에 올렸던 기억이 떠올랐다. 선물 받은 책의 페이지를 넘길 때마다, 내 삶에 대해 더 깊이 사유하고, 자신에게 감사할 수 있는 방법을 찾게 되었다.

"세상에는 모든 존재가 쓸모 있고 가치 있다."*(p.134)*

짧지만 강한 글들의 나열 속에서 이 문장은 내 삶에 새로운 시각을 가져다주었다. 나 자신을 사랑하는 법을 다시 알게 되었다. 문장들을 다이어리에 적어본다. 책과의 인연이 얼마나 특별한지를 다시 생각했다. 책을 선물해 준 지인에게 깊은 감사를 전하며 소중한 보물을 하나 찾은 것처럼 행복했다. 이 책은 나 자신과 더 깊이 소통할 수 있게 해주었고 삶에 대해 더 긍정적으로 바라보게 하는 힘을 주었다. 책과의 인연이 주는 신기한 경험을 통해, 더욱 고마움을 느끼며, 독서와 글쓰기의 재미에 푹 빠졌다.

책 읽기와 글쓰기가 내 삶의 핵심이 되면서 일상에 변화가 찾아왔다. 기록하는 행위 자체에 대한 두려움이 나를 힘들게 했다. 처음엔 '자기비판'이라는 무거운 짐이 내 마음을 짓눌렀다. 거기에 누군가가 내 글을 읽고 비판할까 봐, 그들이 내 글을 어떻게 평가할지에 대한 걱정이 앞섰다. 대문호들의 작품을 읽을 때마다 내 작품이 그들 앞에서 마치 걸리버 여행기의 소인국처럼 초라해 보였다. 이러한 두려움에도 불구하고, 매일 새벽 몽롱 쓰기, 필사, 초서 등 다양한 방법으로 글쓰기를 꾸준히 이어가며 지금으로부터 6년째를 맞이했다. 모두 이 책 덕분이었다.

"그리고 나는 아직도 더 좋은 사람이 되려고 노력한다고." *(p.167)*

더 좋은 사람이 되기 위해 나를 감싼 두려움을 버리고 자신감을 조금씩 키워갈 수 있었다. 내 글이 타인의 눈에 어떻게 비치든 간에, 내 문제를 찾아가는 과정에서 중요한 발전을 이루었다. 내 글이 대문호들의 작품과 비교해 소인국처럼 느껴질지라도, 그건 나만의 독특한 세계를 만들어 가는 과정이었다. 매일 새벽, 세상이 깨어나기 전 조용한 시간을 이용해 나를 마주해 본다. 그리고 그 생각과 감정을 종이에 옮겼다. 이러한 일상의 반복은 점차 마음의 편안함과 만족감을 안겨주었다. 6년이라는 시간 동안 수없이 넘어지고 다시 일어서기를 반복했다.

이제 아침에 눈을 뜨자마자 글을 쓰고, 잠자리에 들기 전 그날의 기록을 마무리하는 것이 일상이 되었다. 이 습관은 나에게 큰 기쁨을 준다. 내가 써 내려간 글을 통해 지난 시간을 돌아보고, 성장한 자신을 발견한다. 이제 더 이상 내 글이 타인의 시선에서 어떻게 보일지에 대해 두려워하지 않는다. 내가 중요하게 여기는 건, 전하고자 하는 메시지와 그 과정에서 느끼는 진정성이다. 글쓰기와 독서는 삶의 전부고, 매일 성장하고 변화하는 나를 마주한다.

"세상 어떤 문장도 당신을 설명할 수 없다는 걸 안다. 세상의 모든 아름다움을 담는다 해도 당신을 예찬할 수 없다는 걸 안다. 세상의 모든 향기를 담는다 해도 당신을 표현할 수 없다는 걸 안다. 그게 당신이다. 당신이 그렇다." *(p.239)*

이 문장을 20번 이상이나 반복해서 적었다. 빈 종이나 조각이 보이면 언제나 그 문장을 써 내려갔다. 내 머릿속 깊이 간직하기 위해 읽고 쓰고를 반복하며 내 걸로 만들기 위해 노력했다. 지금 이 문장은 내 것이 되었다.

"세상 어떤 글도 나를 묘사할 수 없다는 걸 안다. 세상의 모든 아름다움을 담는다 해도 나의 가치를 찬양할 수 없다는 걸 안다. 세상의 모든 향기를 모은다 해도 나의 본질을 드러내지 못한다는 걸 안다. 그게 나다. 내가 그렇다."

이 문장을 내 것으로 만들면서 내 삶에 고마움을 전한다.

"독서와 글쓰기를 삶으로 가져와서 고마워!"

김혜련

경남 산청에 있는 '산아 민박'에 갔다. 딸아이의 지인이 오픈 전 우리 부부를 함께 초대했다. 맑은 공기와 푸른 산천은 야생화로 아름다웠다. 펜션과 물놀이, 모래놀이, 밧줄 동산, 산책길, 산아 책방, 미니 수영장, 카페까지 산자락이 가득 채워졌다. 민박 공간은 쉼과 편안함에 집중할 수 있도록 방음과 보온에 신경 써서 지었다고 했다. 텔레비전과 와이파이가 연결되지 않는 것이 장점이자 단점이었다. 전체 공간에서 특정 장소에서만 한 통신사의 신호가 잡혔다. 덕분에 가족끼리 즐거운 놀이와 책방 공간을 이용하며 시간을 보낼 수 있었다. 일상에서 벗어나 오랜만에 가지는 휴식이다.

대학에서 강의하는 딸의 지인들은 연구기관의 연구원, 대학교수, 산아 민박을 운영하는 숲 해설사로 세 가족이었다. 육아에서 엄마의 역할과 자신의 성장까지 엄마와 엄마를 잇는다는 '모모로' 인스

타 운영을 하고 있다. 일과 힐링을 함께하자는 취지에서 회의 장소를 정하였다고 하였다. 산아 민박 숲 해설사는 잘 알고 있는 교수의 제자였다. 게다가 친구인 P 유치원 원장 조카이기도 했다. 세상 참 좁다. 새로운 사람을 만나는가 했더니 연결의 고리로 이어진다. 딸 친구들 모임에 민폐는 되지 않을까 걱정하였는데 '유아교육'이라는 키워드로 이야기꽃이 피어났다.

자신의 정체성과 육아에서 겪게 되는 이야기를 나누었다. 육아하면서 무엇보다 중요한 건 나를 내려놓지 않는 것이라 했다. "그럼에도 불구하고"의 태도는 당당히 세상 속으로 살아가는 나에 대한 믿음과 신념이 중요하다고 하였다. 아이에게 전념하다 보면 내가 없어질 수 있고 그 안에서 우울과 좌절, 낙심할 때가 많은데, 그런 엄마에게 힘과 용기를 주는 모임이라 설명해 주었다. 자신에 대한 성장과 함께 도전할 수 있는 그룹 카톡도 운영하고 있었다. 엄마라는 이름으로 육아까지 잘 해낼 수 있는 엄마를 아이들은 자랑스러워할 거라 하였다. 나는 모모로 운영자들이 자랑스러웠다. 일과 육아, 더불어 사는 삶까지 가치 있는 일을 하기 때문이다.

전망 좋은 산아 민박 카페에서 직접 내린 커피 향은 참 그윽하였다. 젊은이들만의 대화 시간을 주려고 우리 부부는 열쇠를 받아 일찍 방으로 들어왔다. 모든 것이 깔끔하고 정성이 깃들어진 배치다. 침대에서 바라본 ㄱ자 전망 유리창 너머는 온통 푸릇푸릇하다. 시간의 여유로움을 오랜만에 느낀다. 낮잠도 잘 수 있었다. 옆동 딸네 식구들이 분주하게 움직이는 듯했다. 물을 워낙 좋아하는 외손주들은 쌀쌀한 날씨임에도 숙소 옆에 딸린 수영장에서 따뜻한 물로 물놀이하고 있다. 아이들 펜션으로 갔다. 큰 수건으로 외손주들의 몸을 닦아주며 행복했다. 춥다면서도 하고 싶은 수영을 한 탓인지 까르르 웃음소리가 방 안 가득하다.

땅거미가 하늘을 멋지게 물들이고 있다. 저녁으로 카페에서 정성 가득한 한 상을 받았다. 연잎밥과 들깨죽, 서너 가지의 반찬들로 맛나게 먹었다. 건강식이다. 일하는 아내로 정성 깃든 밥상 앞에서는 늘 남편에게 미안한 마음이다. 먹는 음식에 까다로운 남편이 맛나게 그릇을 비웠다. 고마운 일이다.

외손주들은 저녁 식사를 방에서 먹는다고 한다. 잘한 일이다. 찬바람을 쐬면 감기 들 텐데 말이다. 산속 어둠은 일찍 찾아왔다. 저녁을 먹고 나오니 깜깜해진 주변 풍경이 불빛을 받아 또 다른 모습이다. 크게 심호흡하며 신선하고 쌀쌀한 공기를 한껏 맞이한다. '엽이도 함께 왔으면 좋았을 텐데…' 아들 생각이 났다. 민박은 복층으로 되어 있어 그 빈 자리가 아쉬웠다. 부모는 어쩔 수 없다. 눈앞에 보이지 않는 자식 생각까지 한다.

다음날, 일찍 잠든 탓에 새벽에 일어났다. 숙소 근처로 남편과 산책을 나섰다. 산등성이 길을 따라 올라갔다. 이른 아침임에도 감을 따는 어르신들이 보였다. 그러고 보니 감나무가 많이 있다. 길 곳곳에 밤송이도 떨어져 있다. 남편은 생밤이 맛있다며 줍기 시작했다. 두 손 가득 밤을 주워 내려왔다. 아이들 방에서는 인기척이 없다.

아직 곤하게 자는 가보다. 샤워하고 가방을 정리했다. 휴식은 늘 짧게 느껴진다. 일이 있으니 휴식의 달콤함을 누린다.

세계적으로 존경 받는 심리학자 웨인 다이어는 그의 저서 <인생의 태도>에서 말한다. "삶에서 일어나는 모든 일, 나를 가로막는 일, 계속 내 역할을 하지 못하게 방해하는 일들은 나 자신이 선택한 겁니다. 모두 내 선택이에요. 모두 나의 몫입니다. 지금의 나는 인생에서 내가 했던 선택들로 이뤄져 있습니다."라고 했다. 내 인생 내가 선택한 결과라 한다. 그렇다. 우리는 매 순간 선택하며 살아간다. 나이, 직업, 재산, 인간관계까지 그 모든 것이 사라졌을 때 과연 나는 누구일까? 유치원 원장에서 퇴직하고 나면 내 직업이 나는 아니다. 그저 지금까지 해 온 일들일 뿐이다. 내 이름 석 자도 이 지구상에서 다른 형태들과 나를 구분 짓는 것에 불과하다. 인생에서 해야할 역할이 무엇이든 우리는 그 역할을 해낼 뿐이다, 그게 나 자체는 아니라고 한다. 그 어떤 꼬리표도 나는 아니다. 다만, 내가 하루 종일 한 선택과 결정들이 바로 내가 된다는 것이다.

유아교육을 선택한 것 역시 선생님이 되고 싶었던 나의 선택이었다. 유치원 교사로 20년 원장으로 20년, 유아들과 선생님, 학부모를 만났다. 40여 년 유아교육이 나의 삶이라 고마웠다. 고난도 있었고 실패할 때도 있었다. 고난은 이겨 내었고 실패는 앞으로 나아갈 원동력이 되었다. 바쁘게 살아왔다. 마음이 조급하였다. 쫓기듯 생활하다 보니 여유가 없었다. 달력을 보면 항상 해야 할 일로 가득 찼다. 그 어느 곳에도 나를 위한 시간이 없었다. 가족은 물론이다. 친인척의 대소사는 챙길 줄 알았지만 식구들은 항상 우선순위에서 멀어져 있었다. 머릿속이 온통 해야 할 일로 가득 찼다. 남편은 일중독이라며 피곤함에 절은 나에게 자주 독침을 날렸다. 오지라퍼처럼 사방팔방 안테나를 세우고 있었다. 멀리 숲을 보지 못하고 눈앞의 일만 치르기에 몰두하였다. 꾸준함이라는 착각 속에서 말이다. 매일 일의 연속으로 초점을 맞추니 블랙홀처럼 그 깊이를 가늠하기조차 어려웠다,

　운전하면서 목적지만 보고 마구 달린 모양새다. 휴게소에서 간식도 사 먹고 스트레칭도 하며 재충전하는 것도 필요하였다. 혼자 외롭고 고독한 시간을 달렸다. 주변의 응원에 힘을 내고 더 달리기도 했다. 성취감에 취해 방전되지 않으려고 다시 일어서기를 반복하였다. 기본 속도를 달리며 주변 자연도 감상하고 느낄 줄 아는 시간이 아쉬웠다. 조금 늦거나 느리면 안 되는 줄 알았다. 그러나 앞만 보고 열심히 살아오게 해준 유아, 교사, 학부모들에게 감사함을 전한다. 성장할 수 있었고 도전의 물꼬를 트여 주었다. 꾸준하게 한 길을 걸어온 나에게 '고맙다'라는 말을 하고 싶다.

　삶은 사람으로 시작해 사람으로 끝난다. '우리가 만나는 사람은 모두가 각자 한 권의 소설'이라고 웨인 다이어는 말한다. 그리고 누구나 위대해질 수 있는 씨앗을 품고 있다고 믿었다. 우리가 바라는 것, 필요한 것은 우리 안에 이미 있다는 것이다. 앞으로 내 삶이 다

른 사람의 길이 되었으면 좋겠다. 존중하고 존경받는 인생이 되고 싶다. 그러기 위해서는 인생을 스스로 책임지고 가꾸어 나가는 것임을 다시 깨우친다. 독서와 말의 향기로 진정한 어른이 되는 것이다. 꾸준하게 실천하지 않으면 이루어지지 않는다. 태도가 인생을 만들어 간다.

3-3 교사 삶이라 고맙다

백란현

21년 차 초등 교사. 경력이 쌓일수록 감사하다. 가치 있는 일을 하고 있으니까. 학생들 인생에 영향을 주는 사람이라 책임감도 느낀다.

2005년부터 학생들에게 책 읽기를 강조했다. 2013년 5학년이었던 학생이 연세대와 고려대를 동시 합격했다. 학부모는 소식을 전해오면서 선생님의 독서교육 덕분이라고 했다. 나 듣기 좋으라고 한 말일 수도 있지만 조금이라도 도움 되었다니 기뻤다.

신학기 학부모 상담 주간을 보냈다. 13명의 학부모와 통화했다. 대부분 책 읽어주어서 고맙다고 말했다. 초등 1학년 입학해서 선생님이 읽어주는 책 덕분에 학교 가는 게 즐겁단다. 이러한 경험은 2018년에도 있었다. 친구들과의 관계 형성이 쉽지 않았던 학생이었다. 나에게 자주 말대답도 했다. 그러나 어머니가 전해 주는 말에

의하면 아침에 선생님이 읽어주는 그림책 내용을 듣기 위해 작년에 비해 일찍 등교한다고 했다. 독서교육은 성과가 당장 드러나지 않는 다. 학생이 서서히 책에 스며들도록 독서를 우선순위에 두는 것이 나의 교육관이다.

2021년부터 지금까지 학급 학생들 시집을 출간하고 있다. 2021년 6월 '꼬마 작가 만들기'라는 연수를 들은 후 나의 교육관은 책 읽기 에서 글쓰기까지 확장되었다. 시 쓰는 과정 1년간 경험한 후 학년말 에 본인 이름이 들어간 책을 눈으로 보면 아이들은 흥분한다. 시업 식 첫날부터 시를 쓰게 한다. 종업식 때 들은 얘기지만, 학생들은 "아! 쌤 잘못 만났네. 1년 죽었다."는 소릴 했었단다. 종업식 할 땐 "선생님 덕분에 작가 됐어요."라며 말이 바뀐다. 학생들도 매일 글 쓰면 좋겠다는 마음으로 교실에서도 교사인 내가 조금 더 쓰는 모 습을 보여주고 있다. 때론 내가 쓴 책도 학생들에게 칭찬 상품으로 주기도 한다.

처음부터 학생들과 내가 글 쓰는 교실을 만들지는 못했다. 3월 2일 학생들과 첫 대면을 할 때 엄격하게 보이고자 노력한다. 그러다 보니 글을 쓸 때 아이들은 솔직한 내용을 쓰기보다는 내 눈치를 보 면서 종이를 채울 때가 많았다. 작가로서 공부하는 시간이 쌓일수 록 아이들 삶을 관찰하는 사람이 되었다. 아이들 앞에 자주 웃기도 했으며 서로 대화 나눈 순간을 즉석에서 시로 옮겨 적기도 했다. 학 교에서 경험하는 일은 글감이 되었다. 과거에는 학생 둘이 다투기라도 하면 인상부터 쓰기 마련이었다. 지금은 싸우고 있는 학생들 앞에서 메모한다. 선생님이 너희들을 동화책 캐릭터로 사용하겠다고 말하면서.

학생들의 말과 행동이 나에게 버릇없게 보일지라도 기분 나빠하지 않는다. 이유가 있겠거니 생각한다. 감정을 표현하기 위해 선택한 언어가 알맞지 않아서 예의 없게 보인다고 여기면 그뿐이다. 대신 이후에는 선생님 앞에서 예의는 지켜야 하는 것이라고 가르친다.

2월, 부임할 학교 교감 선생님이 내게 전화했다. 1학년 부장하라는 말을 들었다. 자동 반사처럼 열심히 하겠다고 대답하고는 후회했다. 교내 학년과 업무를 정할 때 어른들이 먼저 부탁하면 튕기는(?) 맛도 있어야 하는 것 아닌가 싶었다. 내가 교감 선생님의 제안을 수락해야 교내 인사가 빨리 결정 날 거로 생각했다. '열심히'라는 말까지 붙였으니 내가 선택한 거다. 9년 만에 맡은 1학년 부장. 1학년 수업 운영, 학급 운영, 읽어준 그림책까지 메모하는 중이다. 내가 아이들에게 무엇을 해주는지, 부장 업무는 그날그날 어떤 일을 했는지 일지처럼 기록한다. 예를 들면 4월 30일 오늘은 〈평화란 어떤 걸까?〉를 읽어주었다. 업무 면에서는 출석부 마감을 했으며 교육지원청에서 받은 100만 원을 어떻게 사용할 예정인지 '성립 전 예산' 사용 신청 결재를 올렸다. 이러한 기록은 교사 작가로서 에세이를 쓸 때 도움 되리라 생각한다.

5학년만 2년 연속으로 하다가 1학년을 하게 되었다. 1학년 학생들의 특징도 파악해야 했고, 2022 개정 교육과정부터 공부해야 했다. 교사도 적응 기간이 필요하다고 스스로 인정했다. 연구실에 있는 교과서를 한 권씩 집으로 가져왔다. 교사용 지도서와 수업 자료 파일이 담긴 USB도 집에 있는 노트북에 복사했다. 학교 근무 시간 중에 다음 날 가르칠 수업을 고민하는 시간이 있으면 그렇게 하겠지만 3월 한 달은 그러지 못했다. 늦은 밤 잠자기 전에 다음 날 가르칠 내용을 훑어보았다. 학생들에게 재미있다는 소리 듣기 위해 놀이 형태의 수업 방법도 찾아본다. 예를 들면 야구형 퀴즈 맞히기다. 퀴즈 맞힌 아이들은 1루, 2루, 3루, 홈으로 이동할 수 있다. 교실 속 1루는 창가라고 정하는 거다. 아이들은 퀴즈도 풀고 수업 중 자리 이동도 할 수 있어서 흥미 가진다. 하루라도 연구하지 않으면 다음 날 1학년 앞에서 헤맬 수 있다.

수업만이 전부는 아니기에 올해는 무엇을 목표로 삼을까 생각해 보았다. '함께 읽고 쓰기'로 정했다. 아이들 그림책 읽어주는 시간도 중요하지만, 아침 시간 5분 동안 나도, 학생도 책 읽는 시간을 가지기로 했다. 1학년이지만 2학기에는 학생들과 시집을 낼 생각이다. 얇은 책을 만들어도 괜찮다.

학교 삶을 어떻게 꾸려갈지 고민하던 3월, 손에 잡은 책은 〈오늘도 교사로 걷는 당신에게〉이다.

"교육이란 꼭 배우고 가르쳐야만 아는 것이 아니었다. 삶을 통해 느끼고 이해하고 깨달으면서 지혜롭고 따뜻한 사람이 되는 것이

었다."

"한 사람이 온다는 건, 한 아이가 내게 온다는 건 작은 우주가
오는 어마어마한 일이기에 매년 3월에 만나는 아이들을 조금 더
따뜻하게 마주하고 싶다. 그리고 조금 더 섬세한 눈길과 마음으
로 그들을 대하는 선생님이 되자고 다짐해 본다."

책과 글쓰기가 내 마음을 알아주는 것처럼 나도 아이들 기분을
헤아리는 교사가 되어야겠다고 생각했다. 1학년 쉽지 않겠지만 학
교가 재밌는 곳이고 선생님은 내 마음을 알아주는 사람이라는 점
을 보여주려고 노력 중이다. 한 명씩 이름 불러주기, 이야기 들어주
기, 칭찬하기. 내가 노력을 보이면 색종이에 '선생님 좋아요'라고 적
어준다. 난 그걸 내가 읽는 책 사이에 꽂아둔다. 소소한 작품이지
만 소중히 다룬다.

1학년과 생활하느라 목도 쉬고 점심도 급하게 먹어야 하고 화장
실 갈 틈도 없다. 그래도 내 삶을 성장시키는 하루로 받아들인다.
평생 어린이들과 눈높이 맞추며 살 수 있는 나. 교사라서 누릴 수
있는 복이다. 현재 내가 서 있는 교단은 교대 입학과 졸업, 임용고
시를 치를 때 바라던 미래다. 지금, 교사 삶이라 고맙다.

3-4   자존감 올려주는 글쓰기, 참 고맙다

변지선

    분홍색 표지의 하단에는 검은색 긴 머리의 여자가 팔베개로 누워 있다. 아무런 표정 없다. 휴대폰을 머리 위에 던져두고, 발아래에는 빨간색 음식이 놓여 있다. 음식이 무엇인지 정확하진 않다. 책 제목은 〈죽고 싶지만 떡볶이는 먹고 싶어〉. 아, 떡볶이구나. 5년 전, 도서관에서 신간으로 서가 제일 중간에 꽂혀 있었다. 눈길 끄는 제목이라 책 제목 잘 지었다고 생각했다. 읽고 싶지는 않았다. 제목만 보고 나이 어린 작가가 세상 살기 힘들다는 푸념을 잔뜩 썼을 거라 미뤄 생각했다.

    코로나가 한창일 때 개인적으로 힘든 일이 생겼다. 송사에 휘말리게 되었다. 경찰서도 불려 다녔다. 창피하고 죽고 싶었다. 도서관 구석 칸 문학 코너에서 〈죽고 싶지만, 떡볶이는 먹고 싶어〉 표지가 눈에 들어왔다. 왜 떡볶이를 먹고 싶었을까 궁금했다. 백세희 저자는 자신이 '기분부전장애(가벼운 우울증이 지속되는 상태)'라는 증상 때문에 정신과 상담을 받았던 경험을 책으로 적었다. 녹음한 상담 내용을 쓴 대화체 형식의 에세이다. 책장을 넘기면서 나도 혹시 기분부전장애가 아닐까 의심이 들었다. 작가의 고민이 내가 겪는 고민과 비슷했다. 의존 성향이 강하다, 자존감이 낮다, 남이 선물을 주면 언젠가 나도 갚아야 한다는 생각 때문에 부담감부터 생긴다, 관계 맺기를 힘들어한다. 등

자존감이란 단어를 나이 마흔이 넘어서 알게 되었다. '자존심'과 '자존감'은 같은 말인 줄 알았다. 아이가 초등학교 입학 후 자주 자신감 없어 했다. 육아서를 찾아보니 자존감이 낮은 행위라고 했다. 자존감은 부모의 영향이 크다고 했다. 나는 어릴 때 꽤 목소리를 낼 줄 아는 자존심이 센 아이였다. 초등학교 5학년 때 여학생들이 '고무줄놀이'를 하고 있으면 짓궂은 남자아이들이 칼로 고무줄을 끊었다. 여자들 치마를 들쳐 올리기도 했다. 난 조숙했다. 여자아이들은 "야아~" 하고 소리만 치고 그냥 넘겼다. 난 선생님에게 뛰어가서 일렀다. "선생님, A가 고무줄놀이하는 B의 치마를 들쳤어요." 선생님은 "하지 마라. A야" 하고 웃으며 넘기려 했다. 선생님에게 대들었다. "선생님, 그렇게 대충 이야기하지 마시고 단단히 혼내주세요." 용기 내서 말했었다. 아버지 사업 실패로 6학년 때 집안 물건에 빨간색 딱지가 붙었던 집에서 쫓겨나, 방 2개짜리 전셋집으로 이사 갔

다. 그때부터였던 것 같다. 목소리를 내지 않았다. 자존심이 늘 상했지만, 표 내기 싫었다. 자존심이 센척했다. 자존심이 세다는 말은 오히려 자존감이 낮다는 말이다. 다른 사람에게 보이는 내 모습을 중요하게 생각했다. 어릴 적 집이 잘살 때처럼 있는 척, 아는 척을 계속했다.

고등학생 때 반에서 1, 2등을 하던 친구는 성격도 좋았다. 늘 체육복 바지만 입었고, 여고생임에도 외모를 꾸미지 않았다. 누가 뭐라 하든 신경도 쓰지 않았다. 다른 옷 없냐고, 바지에 냄새난다고 말하던 선생님에게도 실실 웃으면서, 체육복이 제일 편하다고 당당하게 답했다. 그 친구는 도시락을 같이 먹을 때면 나에게 살 빼라며 내 밥과 반찬을 덜어갔다. 수학 문제 가르쳐 줬다며 소시지 반찬을 다 먹기도 했다. 나는 집이 어려운 걸 절대 표 나게 하지 않았다. 반면 친구는 공공연히 말했다. 아버지가 6학년 때 '뇌졸중'으로 쓰러져 소녀 가장이라고 당당히 말했다. 싫지 않았다. 친구를 위해 계란 프라이를 한 개 더 해서 갔다. 지금은 그 친구 이름도 기억나지 않는다. 고등학교 3년의 기억을 모두 지워버렸기 때문이다. 고3 막바지, 대학 입시 원서를 쓰던 때였다. 입시제도가 거의 매년 변경되던 때다. 88년도엔 원하는 대학을 먼저 선택해서 원서를 넣고, 그 대학에 가서 시험을 쳐야 했다. 교육대학교를 가고 싶다고 하자 담임 선생님은 경남에 있는 진주교대로 원서를 쓰자고 했다. 부산 교육대학교 원서를 넣겠다고 우겼다. 당시 집이 어려워서 경남에 있는 대학에 다닐 수 없었다. 비슷한 성적의 친구에겐 원서를 써 주고는 나는 안 된다고 한 선생님이 미웠다. 계속 우겨서 결국 썼다. 시험을 망쳤다. 불합격 통보를 받은 그해 1월. 첫 실패의 느낌은 참담했다. 부끄러웠다. 대학 합격 후 교사가 되겠다는 목표보다 출신 학교명을 더 중요하게 생각한 어리석은 결과였다. 열아홉 살, 자만심에서 온 패배감의 충격은 오래갔다. 집에만 틀어박혀 지냈다. 졸업식도 가지 않았다. 졸업장도 졸업앨범도 받지 않았다. 고등학교 때의 기억을 모조리 지우려고 노력했다.

2023년 1월 초, 네이버 블로그 글쓰기를 시작했다. 글을 쓰고 '발행'이란 글자를 눌렀다. 내가 진짜 작가가 된 것 같은 느낌이 들었다. 교사와 작가라는 어릴 적 꿈이 살며시 떠올랐다. 열아홉 살 대학 실패로 이번 생은 그냥 이렇게 대충 살자 생각하며 포기했던 꿈이다. 블로그 글을 열 개 정도 발행했을 때, 내 글을 읽어주러 오는 사람이 없다는 걸 알았다. 혼자 쓰는 글은 재미가 없었다. 다섯 시간씩 공들여 이리저리 고쳐가며 썼는데도 아무도 보러 오지 않았다. 또 포기하려 했다. 아니야, 이번엔 최선을 다해보자. '수익형 블로그, 브랜딩 블로그 글쓰기' 온라인 강의를 들었다. 독자가 검색해서 읽을 만한 정보성 글을 쓰라고 했다. 그러고 보니 나는 내가 하루 동안 한 일에 대한 일기 같은 글만 쓰고 있었다. 이웃 숫자를 늘리는 방법도 온라인 강의로 등록했다. 이웃이 100명이 되던 날을 기억한다. 블로그 닉네임 '난 행운아'를 아는 사람이 100명이 된 거다. 신기했다. 자존심이 올라갔다. 정보성 글, 자랑 아닌 듯 자랑하는 글을 쓰고 있었다. 6개월 동안 100권의 책을 읽었다는 블로그 글을 쓴 날, 이게 아닌데 하는 회의가 들었다. 남에게 보이기 위한 글이 아닌, 나를 찾고 싶은 글, 내가 행복한 글이 쓰고 싶었다.

2023년 10월 첫 주 토요일 아침 7시, 첫 강의를 들었다. 강의 내내 '내가 누구인가'를 생각했다. 강사님은 지나간 일을 후회하는 건 자신을 싫어하는 행위라 했다. 나는 내 과거를 후회하고 자책했다. 후회하지 않게 살려면 원하는 삶을 '글로 쓰라' 했다. 토요일 아침 강의 듣는 두 시간 행복했다. 내 곁에 항상 있는 모든 것에 감사하라는 강의를 들으면서 내 주위 사람들을 떠올렸다. 내가 나를 싫어하는 데 아직 나를 좋아해 주는 사람들이 있었다. 고마웠다. 실망시키지 말자. 어린 시절 조금 불행했고, 밝게 살지 않았다. 남들이 무심코 던지는 말에 상처받고 힘들어했다. 책을 계속 읽었다. 나 자신을 되돌아보는 글쓰기를 시작하면서 나도 괜찮은 사람이란 생각했다. 나를 존중하자. 이젠 사람들이 던지는 말에 깊이 생각하지 않는다. 나만 아니면 된다고 생각하니 자존감이 올라갔다.

이젠 뭐든 할 수 있다고 생각한다. 못할 거라고 자신을 믿지 않았던 일을 해내고 있다. 2월부터 필라테스 강사 자격증 과정을 배우고 있다. 해부학부터 근육 이름, 필라테스 동작까지. 생소한 분야라 포기하고 싶었지만 거의 끝나간다. 사이버 대학에 등록한 평생교육사 과정은 5월에 학점 등록을 할 수 있다. 수영은 숨 쉬는 게 안 돼서 서른 살에 포기했다. 스쿠버다이빙을 배웠다. 공기통 메고 들어가면 얼마든지 숨 쉬어도 된다. 책을 계속 읽고, 글을 한 편씩 써가면서 생긴 변화다. 작은 것부터 한 개씩 해나간다. '이은대 자이언트 북클럽' 강의 중에 실패와 좌절의 경험이 오히려 글감이란 말에 솔깃했다. 실패라면 이골나게 했다. 나를 그만 괴롭히고 글 써야겠다.

내 인생에서 가장 꿈 많았던 여고생 시절을 억지로 지워버리고 살았다. 친구들과 함께 떡볶이 먹었던 그때, 아침 7시부터 자정까지 학교에서 야간자율학습을 함께 했던 그 시간과 친구들이었다. 버렸던 그들과의 시간과 그때의 내 모습을 글을 쓰면서 찾고 싶다. 글쓰기는 자존감을 올려주는 훌륭한 작업이다.

3-5 부모의 눈물

서한나

알라딘 앱에서 〈나는 괜찮은 사람입니다〉라는 책을 추천해 줬습니다. 제목을 보고 대인 관계에 관한 책인가 싶었지요. 표지에 그려진 그림이 예뻤습니다. 파란색 바탕입니다. 물감으로 그린 그림입니다. 책 가운데 구름이 그려져 있습니다. 남자가 구름에 앉아있지요. 구름 옆에는 물방울 세 개가 떠 있습니다. 구름 양옆으로 눈물을 흘리는 그림과 시계가 각각 구름 위에 놓여 있지요. 구름 아래는 집이 여러 채 그려져 있습니다. 몇몇 지붕에는 날씨(눈, 번개, 비, 무지개) 그림이 그려진 도화지가 놓여 있습니다.

작가소개로 스크롤을 내렸습니다. 작가가 자폐성 장애인이네요. 작가를 보고 나자 왜 나에게 추천되었는지 이해했습니다. 저는 '장애인 재활상담사'입니다. 장애인이 취업할 수 있도록 돕는 일을 하고 있지요. 얼마 전 전공 도서 몇 권을 샀더니 추천한 모양입니다.

다시 스크롤을 올려 표지를 봅니다. 구름 위에 있는 남자는 작가인 것 같습니다. 그제야 자폐성 장애인과 관련된 특징이 표지에서 보입니다. 물방울(자폐성 장애인이 좋아하는 것), 날씨(날씨에 영향을 많이 받는 장애 특징), 무지개(자폐성 장애인 상징) 같은 것들이요. 바로 책을 샀습니다. 자폐성 장애인인 교수가 쓴 책은 읽어본 적 있습니다. 자신이 어떻게 느끼고 생각하는지 담겨 있었지요. 이 장애인은 무슨 이야기 할지 궁금했습니다. 왜 괜찮은 사람이라고 생각하는지도 말이죠.

자폐성 장애인은 영어로 Autism Spectrum Disorders입니다. 장애 증상이 다양하고, 복잡해서 이름에 스펙트럼이라는 단어가 포함되었습니다. 한가지로 정의할 수 없기 때문이지요. 몇 년 전 인기리에 방영된 드라마 〈이상한 변호사 우영우〉의 주인공인 우영우도 자폐성 장애입니다. 드라마가 방영되면서 자폐성 장애에 대해 사람들이 관심을 가지기 시작한 것 같습니다. TV에서 자폐성 장애에 대해 다룰 때, 고기능 자폐를 다루는 경우가 많습니다. 고기능 자폐는 일부 능력이 비장애인보다 좋습니다. 특정 부분에서 천재라고 불리기도 합니다. 서번트 증후군이나 아스퍼거 증후군이 대표적입니다. 장애에 대한 이해를 높이는 차원에서는 긍정적입니다. 하지만, 대부분 자폐성 장애인은 고기능 자폐가 아닙니다. 사람들이 자폐성 장애에 대해 오해할 수도 있습니다.

자폐성 장애인은 몇 가지 특징이 있습니다. 첫째, 사회적 상호작용이 잘 안 됩니다. 한자로 표기해 보면 자폐 특징을 이해할 수 있습니다. 自閉(자폐)는 스스로 닫고 있다고 생각하면 됩니다. 자기만의 세계에 빠져 있다고 표현하기도 하지요. 만나면 인사하거나, 대화할 때 눈을 맞추는 것과 같은 사회적 행동에 어려움이 있습니다. 다른 사람에게 관심 두지 않습니다. 감정표현에 서툽니다. 영화 〈말아톤〉에서는 치료사가 초원이에게 감정을 알려주는 장면이 나옵니다. 상황을 설명하며 어떤 기분이 그 상황과 어울리는지 말해줍니다. 기쁨, 슬픔, 사랑 등 감정에 대해 이해하고, 적절하게 표현하는 게 어렵기 때문이지요.

둘째, 의사소통이 제한적입니다. 대화할 때는 말을 주고받는 게 중요합니다. 자폐성 장애인과 대화할 때는 동문서답인 경우가 있습니다. 상대방이 한 말을 그대로 따라 말하기만 하기도 하고요. 대화하는 상대가 내가 지금 누구랑 대화하나 싶은 경우도 생길 수 있지요.

셋째, 특정한 것에 과도하게 집착하거나 반복 행동합니다. 물, 숫자, 전자기기, 불빛, 지하철 등 특정 대상을 좋아하는 경향이 강합니다. 문을 계속 여닫기도 하고요. 창문이 열려 있으면 모두 닫아야 하는 경우 있습니다. 손가락으로 벽이나 바닥을 탁탁 두드리거나 때립니다. 이런 특징들로 인해 자폐성 장애인이 이해받기 어려운 경우가 생깁니다.

저자인 히가시다 나오키는 스스로 '행복한 어른'이라고 이야기합니다. 처음부터 행복하지는 않았다고 합니다. 장애로 인한 불편함이 있었기 때문이지요. 저자는 책에 이렇게 썼습니다. '행복한 어른이 될 수 있었던 것은 가족 덕분입니다. 내가 흘린 눈물만큼이나 가족도 울어주었다는 것을 나는 잊지 않습니다.'

이 부분을 읽으며 가족의 사랑과 희생이, 지금 작가를 있게 했음이 느껴졌습니다. 저자의 부모는 히가시다 나오키와 함께 있을 때 울기도 했겠지만, 보이지 않는 곳에서도 눈물을 흘렸을 겁니다. 우리 부모님을 떠올려 봤습니다. 꿋꿋한 모습만 보입니다. 눈물 보이신 적 없으시지만, 울 일이 없었기 때문은 아니라고 생각합니다. 어릴 때는 몰랐지만, 자라고 생각해 보니 그 속에 숨겨진 희생과 사랑이 보입니다. 자식 낳고 키워보니 쉬운 일 아니더라고요. 14개월 된 아들 하나 키우는데도 쩔쩔매는 저를 봅니다. 새삼 부모님이 대단하다고 느껴지는 거지요.

아빠는 40년 넘게 건축업을 하고 있습니다. IMF 때 세 번 부도를 맞았습니다. 이사도 자주 다녔지요. 차는 압류 됐고요. 하루는 집에 온통 빨간딱지가 붙었습니다. 엄마도 처음 겪는 일에 놀랐다고 했습니다. 마음이 진정되지 않았고, 가슴이 두근거렸다고 하시더라고요. 그 상황에서도 저를 생각하셨습니다. 제가 놀랄 일을 더 걱정한 거지요. 딱지가 붙던 시각 다행히 제가 학교에 있을 때였지요. 제가 오기 전 딱지를 모두 떼어버렸다고 하시더라고요.

아빠는 다시 시작하셨습니다. 포기하지 않으셨지요. 어디서 그런 용기가 나셨을까요. 제가 그런 일을 당했다면 일어서려고 생각할 수 있었을까 싶습니다. 아빠도 힘드셨겠지요. 밤에 거실에서 잠 못 이루시고 앉아 계시던 것 여러 번 봤습니다. 평소 말씀이 많은 분도 아닙니다. 혼자 얼마나 속앓이했을까 싶습니다. 첫 월급을 탄 날 아빠에게 용돈 드리며 이렇게 말했습니다. "아빠, 돈 버는 게 왜 이렇게 힘들어. 아빠는 어떻게 이걸 매번 하면서 우리를 키웠어?" 아빠는 대답하지 않으십니다. 그저 조용히 웃고 말지요. 이제 알았냐는 듯한 표정으로요.

엄마도 마찬가지입니다. 아빠 사업 실패로 힘들었지요. 가정주부였던 엄마가 생선 장사, 카드와 보험 영업하며 살림했습니다. 집에 보탬이 되려고 하신 거죠. 주부로 쉽지 않은 도전이었을 겁니다. 해보지 않았던 일을 하려는 결심, 자식 때문이었겠지요.

그 시간을 버텨내는 데 아픔과 눈물이 얼마나 있었을지 짐작하기 어렵습니다. 이런 과정들이 있었기 때문에, 넷이 얼굴 맞대는 지금 행복합니다. 그 상황에 맞춰 열심히 키웠으면서도 못 해준 것들이 아쉬운 모양입니다. 엄마는 말씀하십니다. "그땐 해주고 싶어도 해줄 수 없었지. 넉넉하게 키우지 못해서 미안해." 저는 말하지요. "그땐 다 그러고 살았지. 뭐. IMF 때 안 힘든 집이 어디 있어. 못 키운 거 아니야. 엄마. 애쓰셨네."

"제가 보낸 메시지 보셨어요?" 점심을 먹으러 식당으로 내려가는 길에 교감 선생님을 만났다. 내려오기 전에 메시지를 읽었지만, 답장을 보내지 않았다. 교감 선생님은 근무연수가 3년이 넘었는지 물어왔다. 왜 묻는지는 모르겠지만, 이런 메시지가 싫다.

"학교 근무한 지 3년 넘었지요?"

"네."

"그럼 1급 정교사 자격 연수받으세요. 내일까지 서류 보내야 합니다."

"아니요, 안 할래요."

"왜요?"

"그냥, 생각 없습니다."

"왜, 하지 그러세요."

"아닙니다. 감사합니다." 하고 돌아서서 식당으로 향했다. 5년 전에 1급 정교사 자격 연수를 받으려고 처음 시도했었다. 마감이 임박했었다. 공람한 공문을 확인하고 서류를 준비하다 그만둔 기억이 있다. 그 후로 해마다 공문 안내받았지만 신청하지 않았다. 근무하면서 서류 준비하기가 만만치 않았다. 해마다 근무지가 바뀌다 보니 근무한 햇수만큼 학교 수도 거의 비슷했다. 같은 경기지역에서도 타 시도 사립중고에서의 근무 경력은 해당 지역 교육지원청에서 발급한 경력증명서가 필요하고, 국공립 중고 근무 경력은 과목이 명시된 해당 학교 발급 경력증명서가 필요했다. 필요한 서류를 확인하고 팩스 민원을 신청하고 서류를 받아 정리하는 것도 시간이 걸렸다. 무엇보다도 오래 할 생각이 없었다. 해마다 이번이 마지막이라는 생각으로 일해왔었다.

내 옆자리의 선생님은 이제 1급 자격연수를 받게 된 젊은 선생님이다. 식당으로 가는 길에 만난 교감 선생님과 나눈 이야기를 했다. 다정 샘은 "왜, 안 해요? 하세요. 전에 보니까 근무 경력이 오래된 사람은 1급 차이면 호봉에서 급여 액수가 많이 오르던데." 퇴직할 때 퇴직금도 많이 차이가 난다며 의자를 끌어 당겨와 내 노트북 앞으로 고개를 내밀고 앉는다. 나는 사실 교무부에서 관련 서류를 보내왔지만 읽지 않았다. 예전과 달라진 것이 없을 것이라는 생각이 들었다. 그냥 지웠다. 그리고 지금 다시 서류 챙기며 공부하고 시험 보는 것을 하고 싶지 않다고 이야기했다. 다정 샘은 내가 지워버린 메시지를 다시 찾으며 "아니에요. 시험 안 봐요. 그냥 방학이 없어졌다고 생각하면 돼요. 그리고 서류도 나이스에서 간단하게 준비할 수 있을 거에요."라고 말한다. 그럼, 한번 해 봐도 괜찮겠다는 생각이 슬그머니 들었다. 다시 찾은 메시지를 같이 살펴본다. "그럼, 그렇지." 업무는 차별 없이 배부하면서 자격조건은 근무 경력 상관없이 언제나 선을 긋고 있다는 생각이 들었다. 다정 샘은 "아니, 몇 년 전부터 정교사와 똑같이 한다면서 이게 무슨 일이야?"라며 자신은 1급 자격연수에 시험을 본다는 내용은 없었다고 다시 확인한다. 하지만 기간제교사는 대학원 졸업 여부에 따라 자격연수 시험 유무도 엇갈렸다. 잠깐이지만 시간을 내볼까 하는 마음으로 서류를 다시 찾아 확인한 내 모습이 싫었다.

새 학기가 시작되고 새 학교에서 업무를 시작할 때면 매번 확인하는 근무지와 근무 경력, 호봉 및 기타 사항들을 묻는 파일을 받는다. 이관된 서류에 다 있을 텐데도 매번 조사한다. 그럴 때마다 'IT 강국은 무슨 IT 강국?'이라는 말이 맴돌다 들어간다. '그래. 앞으로 하면 얼마나 더 하겠다고 여름방학까지 반납하면서 연수 듣고 시험을 봐. 차라리 그 시간에 다른 걸 하고 말지. 안 해. 이젠 못 하는 게 아니라 안 하는 거다.'

잠시 묻어두었던 '나다움 오작교 해피랜드'가 생각났다. 나답게 평생 현역으로 살고 싶은 희망을 담아 만든 온라인 속 나의 영토다. 3년 전까지만 하더라도 자동차로 편도 1시간이 넘는 의정부로 출퇴근했었다. 고속도로가 생겨 정체 없이 계속 달려 1시간이다. 긴 출퇴근 시간이 힘들었지만, 그 시간만큼은 오롯이 나만을 위한 시간이라 생각하고 다녔다. 힘들다 생각하지 않았다. 방과 후 자기주도학습이 끝나는 10시, 퇴근길에 오를 때면 살짝 겁이 나기도 했다. 출퇴근 시간이 지나면 차량이 드문 깜깜한 길을 달리느라 온몸의 신경세포가 곤두서곤 했다. 이렇게 오가는 길의 풍경을 마음에 담으며 나 또한 어떻게 살아야 할지 생각해 보는 시간이었다. 아무것도 아닌 지금은 없다. 모든 것에 존재의 의미가 있듯이 나의 시간에 의미를 담는다. 평생 현역으로 살아갈 나만의 무기 하나쯤은 장착하자 마음먹었다. 그럴 즈음 코로나는 모든 것을 멈추게 했지만, 온라인으로 움직이는 세상은 예외였다. 내가 원하는 삶을 살아야겠다는 막연한 생각 하나로 시간을 견뎠다.

어디서나 은근슬쩍 사람을 힘들게 하는 이들이 있다. '아닌 척', '신경 써 주는 척'하며 마음에 상처를 내는 사람. 이젠 제법 시간이 흘러 관계의 불편함과 무례함으로 인한 힘듦은 웬만큼 무뎌질 만도 한데 그때마다 아팠다. 다행히 긴 시간 힘들어하지는 않았다. 하지만 이 또한 다른 사람에게는 생각 없이 다니는 사람처럼 여겨졌다는 사실이 씁쓸했다. 나의 교생실습 때가 생각났다. 나와 직접 연관은 없었지만, 고학력 지성 집단이 보여주는 말로 표현하기 힘든 묘한 경쟁을 느꼈었다. 그런 느낌이 싫었다. 교생실습을 끝으로 학교 쪽으로는 눈길도 주지 않았다. 하지만 다시 사회생활을 하겠다고 시작한 곳은 학교였다. 상황이 그때와는 다르지만, 다시 그런 느낌을 가끔 받았다. 힘들었다. 지금은 그냥 '그러거나 말거나 내가 아니면 그만이지 뭐'라는 생각으로 무심하게 지낸다. 애써 변명하거나 관계를 회복하려 노력할 생각도 없다. 내가 잘못한 것 없는데 무서울 게 뭐가 있겠는가? 라는 생각이다. 그때는 상대에게 서운하기도 했다. 지금 생각해 보면 더 오래 관계하지 않고 그쯤에서 끝난 것이 다행이라는 생각이 든다. 선명하게 말로 표현하기 애매하기는 하지만, 나의 진심이 이용당했다는 불쾌감을 떨쳐내는 데는 시간이 좀 걸렸다. 이젠 주변에서 적당히 하라는 말에도 내가 할 수 있는 데까지 하겠다고 말하는 이유이기도 하다.

"삶에는 고난도 있고 시련도 있지만 그 많은 순간을 버텨낸 너에겐 감동이 있다."라는 글배우의 말처럼 이젠 그 시간을 지나온 내가 스스로 대견하다. 그리고 앞으로 어떤 일이 내게 닥치더라도 덤덤하게 잘해 나갈 수 있을 것 같은 단단한 마음도 생겼다. 모든 순간이 의미 없이 흐르지 않는다는 것을 이렇게 시간을 보내면서 배운다. 또 하나, 생각의 변화도 있다. 그때는 내가 이용당했다는 생각에 마음이 편치 않았지만, 지금 다시 되돌아보니 그때 진심으로 협조했던 나의 모습이 '참 순수했구나, 정의로웠구나' 하는 생각에 '그때도 너는 잘하고 있었어'라고 그때의 나에게도 다정하게 손 내밀어 칭찬해 주었다. 그런 시간이 있었기에 지금 내가 '나답게' 글을 지으며 행복하게 살고 싶은 소망을 더 크게 갖지 않았나 하는 생각을 해본다.

어느새 지우고 싶었던 지난 시간이 멋지게 잘 견뎌온 시간이 되어 나의 오늘을 응원하고 있음을 본다. 지금은 잘 보이지 않지만 지금, 이 순간을 열심히 살다 보면 봄도 오고 꽃피는 날도 오겠지. 아무것도 아닌 지금은 없다. 오늘을 열심히 살다 보면 나의 온라인 영토 '나다움 오작교 해피랜드'에도 희망의 봄소식이 들려올 것이다.

랩 걸(Lab Girl)

이은정

'우주 힐러'

내 닉네임이다. 올레길 걷기를 즐겼다. 걸으면서 마주하는 소나무는 사계절 푸르고 강해 보였다. 살면서 소나무 같은 사람이 되고 싶다는 바람이었다. 집단상담이나 모임에 가면 '소나무'라고 소개했다. 정기적으로 봉사활동을 했다. 복지관에서 자폐 아이들을 만났다. 자연스럽게 특수교육에 관심이 갔다. 대학원에서 가정교육을 전공하는 내내 특수교육에 대한 욕구가 떠나질 않았다. 남편을 설득하여 특수교육을 공부했다. 그러면서 셋째를 임신했고, 비행기 타는 건 무리가 있다고 판단, 다시 가족학으로 전공을 바꾸어 박사 학위를 받았다. 그 과정의 여파였을까. 삶의 태도에 대한 정체성이 나를 흔들었다. 우스운 얘기지만, 수강생들로부터 천사라는 말을 듣는 날이 많았다. 의미도 있고 방향성도 담긴 나만의 정의가 필요했다.

그래서일까. 나의 본성과 인생에 대한 태도를 담아 '우주 천사'로 바꾸었다. 우주최강 천사가 되어 사람들을 품고 싶었다. 인간의 본질, 즉 인성 관련하여 연구하고 공부하고 강의했다. 태도가 삶에 영향을 미친다고 여겼으니까.

명상이 깊어지면서 '힐러'라는 단어에 꽂혔다. 만나는 사람들에게 힐링이 되고 동반자가 되고 싶은 바람을 담아 'Soul Healer'라고 정했다. 어린 시절을 떠올려 보았다. 팬티만 입고 바다에 뛰어들어 헤엄치기, 온 동네를 휘젓고 다니며 매미 잡기, 할아버지가 만들어 준 새총으로 사냥(?)하기, 올챙이 잡아다가 개구리 될 때까지 키우기, 산딸기 따 먹으러 옆 동네까지 종일 돌아다니기 등 미소가 절로 나오는 기억이다. 매 순간 긍정적으로 생각하는 바탕이 되었다고 장담한다. 어쩌면 내 존재의 광대하고 무한한 영역에서 누군가의 정신적 동반자가 되기를 선택한 결정적 이유였다. 외부 세계와 내적 현실 사이에 관련이 있는지, 환경이 어떻게 사람의 마음 상태에 영향을 미칠 수 있는지 그 반대의 경우까지도 이해하려 했다.

물리적 공간을 정리하는 거부터 시도했다. 내가 가진 걸 버리는 것만큼이나 그걸 상징하는 감정적 짐을 버리는 과정이었다. 주변 환경뿐만 아니라 내 영혼까지 가벼워졌다. 사람들의 이야기를 공감하고 온전히 인정해 주었다. 그들이 가진 내면의 힘을 알아차리게 하고, 평온한 일상으로 인도하고자 했다. 목적을 선언하기 위해, '우주 힐러'가 되리라 결정했다. 그간의 연구, 통찰력, 실용적인 팁을 공유함으로써 자기 삶에 대한 변화의 잠재력을 볼 수 있도록 힘을 실어 주고 싶었다.

거실에 50여 개의 화분이 있다. 처음엔 취미였다. 지금은 나의 삶 이자 회복력이다. 식물의 아름다움에 대한 영감과 자연을 이해하는 원천이 되었다. 식물에 매료되리라 예상치 못했다. 집 주변 공터에 서 발견한 식물 한 그루. 눈에 띌 만큼 예쁘지는 않았지만, 충동적 으로 집에 가져왔다. 결국엔 메말라 죽어서 속상했지만, 그 뒤로 집 안에 식물이 늘어났다. 고군분투하는 식물을 통해 시련과 고통 속 에서도 다시 일어서기를 반복하는 내 모습이 그려졌다. 하루하루가 바쁘고 복잡한 일상이지만, 식물이 주는 메시지는 분명했다. 물을 주고, 가지를 치고, 돌보면서 세심한 주의를 기울였다. 사람도 마찬 가지다. 자신과 주변 사람들에게 주어야 하는 보살핌을 반영하는 기회다. 주의 깊은 돌봄으로 식물이 자라는 것처럼, 나의 꿈과 열망 도 헌신이 있을 때 성장한다는 사실이다. 식물마다 고유한 특징이 있다. 사람도 처한 환경에 맞추어 인내하고 주변을 배려하면서 적응 한다. 그 모습은 오롯이 나를 마주하게 했다. 내 삶과 비슷하면서도 뭔가 다른.

프로젝트를 마무리하면, 단골 화원에 들러 화분을 산다. 나에게 상을 주는 거다. 집에 와서 예쁜 화분에 분갈이하고, 식물의 특성 을 고려하여 알맞은 장소에 둔다. 가끔 방울토마토, 상추, 적겨자를 심기도 한다. 시장에서 아직 자라지 않은 묘목을 사 올 때도 있지만, 손쉽게 재배할 수 있는 다이소 제품을 사 오기도 한다. 씨앗, 흙, 화분, 물 받침대 등 채소 키우기에 필요한 모든 것이 들어있다. 세트로 구성된 연두색 화분은 저면관수 화분이다. 화분 받침 안에다 물을 부으면 부직포가 물을 빨아들이면서 천천히 흙을 적셔주는 방식이다. 두고두고 활용하기에 좋다. 며칠 동안의 기대 끝에 싹이 땅을 뚫고 나온다. 보통 실내에서 키우면 2~3일이면 발아한다. 새싹의 키가 대략 7cm 정도가 되면 10cm 간격으로 솎아낸다. 그래야 잘 자란다. 우리 집은 남서향이라 해가 일찍 들고 늦게까지 있어 식물 키우기에 좋은 조건이다. 베란다 텃밭에서 키우다 보니, 비실비실하게 키만 자랄 때가 있다. '웃자람'이라고 한다. 과습, 부족한 일조량, 통풍, 고온 등과 연관이 있다. 검색해 보니, 줄기 주변으로 흙을 소복하게 올려주거나, 뿌리째 새싹을 파낸 후 흙에 구멍을 더 깊이 내어 심으라고 했다. 여하튼 자라는 과정에 중요한 고비를 모두 넘기고, 나름 최고시간을 누렸을 것이다. 일정 시간이 지나니 본연의 모습이다. 식물을 키우는 과정에 모든 건 처음 추측하는 것보다 더 복잡하다. 인내의 미덕, 그리고 성장은 서두를 수 없다는 걸 배웠다.

호프 자런의 〈랩 걸(Lab Girl)〉은 실험실(laboratory)과 여성(girl)을 결합한 단어다. '과학 하는 여자'로 살아온 저자가 식물 생명의 과학과 개인 회고록을 엮어 나무의 성장에 빗대어 이야기를 풀어냈다.

작가의 식물에 관한 애정, 식물의 삶과 우리 인간의 삶이 비슷하다는 것, 식물의 삶의 방식이 우리에게 투영시킬 수 있고 교훈이 될 수 있음을 재확인했다. 저자는 '살지 않아야 할 곳에서 사는 식물은 골칫덩어리에 불과하다. 하지만 살지 않아야 할 곳에서 번창하는 식물이 잡초다'라고 말했다. 그렇다. 식물은 스스로 움직일 수 없는 수동적이고 연약한 존재다. 반면 시들어 꺾이는 순간까지 꾸준히 나아가는 강인한 생명체이기도 하다. 씨앗에서 한 그루의 성목으로 자라기까지의 과정은 내 삶도 울창한 나무처럼 키워낼 수 있음을 반영했다. 식물을 키우며 셀 수 없을 만큼 실패를 경험했다. 성장, 쇠퇴, 재생의 끊임없는 순환과정을. 처진 나뭇잎을 보면 아프다. 물을 주고 기다리면 되살아난다. 역경으로부터 회복하는 능력은 경이롭다. 사람도 식물과 마찬가지다. 약간의 돌봄과 관심을 기울이면, 어려움을 극복하고 더 강해질 수 있는 능력이 있다는 걸 상기시켜 주었다. 저자는 말한다. '모든 시작은 기다림의 끝이다. 우리는 모두 단 한 번의 기회를 만난다. 우리는 모두 한 사람 한 사람 불가능하면서도 필연적인 존재들이다. 모든 우거진 나무의 시작은 기다림을 포기하지 않은 씨앗이었다.'

식물을 사랑한다. 작은 순간에 감사하고 성장하고 되살아나는 과정 자체가 기쁨이다. 회복력, 인내, 보살핌이 식물뿐만 아니라 내 삶을 변화시킬 수 있음을 이해하도록 가르쳐 주었다. 하고 싶은 것들을 향한 열망과 도전, 지금을 사랑하는 삶의 태도, 내가 무엇으로 자랄지, 어떻게 성장할지의 모습은 각기 다 다름을. 나무가 될 수 있으면 좋겠다. 다른 이들을 돕는 든든한 나무. '자기가 원래 되어야 하는 것이 되는 데는 시간이 아주 오래 걸린다'라는 저자의 말에 공감하며.

'딸이 자라면 나도 이렇게 이야기를 들려줘야지.'

딸이 꼬물꼬물했던 때 이 책을 읽었다. 이렇게 참신한 형식의 수필이라니. 공지영 작가의 〈네가 어떤 삶을 살든 나는 너를 응원할 것이다〉라는 책은 엄마가 딸에게 쓰는 편지 형식의 수필이다. 응원, 격려, 공감, 사랑. 받아본 사람은 안다. 그것이 가지는 힘을. 삶에 크고 작은 시련들로 휘청거릴 때 누군가가 나를 위해 이렇게 응원해 주면 얼마나 힘이 날까. 딸을 향한 엄마의 진심 어린 응원은 읽는 내내 감동적이었다. 눈에 넣어도 아프지 않다는 말이 맞았다. 나를 똑 닮은 딸에게 늘 좋은 것만 주고 싶었다. 나중에 기회가 된다면 딸이 힘들 때 매일 매일 편지 써주는 엄마가 돼야지 생각했다. 시간이 흐르면서 늘 그렇듯 바쁜 일상에 잊고 살았다.

"어디를 간다고?"

눈은 결의에 가득 찼다. 나를 닮았다. 누가 봐도 내 딸이다. 고집이 보통 아니다. 기숙학원 일정까지 다 알아본 모양이다. 곧 겨울방학을 맞이하여 가족 배낭여행을 준비하고 있었다. 딸이 할 말이 있다고 한다. 표정이 심상치 않다.

"여행은 이제 힘들 것 같아요. 저…… 여기에 가고 싶어요."

엄마가 여행지를 조사할 때 몰래 틈나는 대로 인터넷을 뒤져가며 조사했다고 한다. 여기가 가장 나은 것 같다며 핸드폰으로 기숙학원 홈페이지를 보여주었다. 경기도에 있는, 그러니까 버스로 다섯 시간이 넘는 곳이었다.

딸은 이제 곧 고등학생이다. 평소 공부 욕심이 많다. 고등학교 입학하기 전에 진지하게 공부에 몰입하고 싶다고 했다. 기숙학원? 듣도 보도 못한 단어다. 학원은 알겠는데 '기숙학원'이란 말이 낯설다. 바로 인터넷으로 찾아봤다. 집을 떠나 기숙사에서 생활하며 밥을 먹고 잠도 자며 공부하는 학원이었다. 교육과정이 5주간 매일 6시부터 12시까지 꽉꽉 채워져 있었다. 내가 보기에는 공부하는 감옥(?)이었다. 이런 곳을 자기 발로 들어가겠다고 하니. 찬찬히 규정을 읽어봤다. 외부와 소통할 수 없게 핸드폰을 압수한다고 한다. 고개를 세차게 저었다. 말도 안 된다. 요즘 군대도 핸드폰을 주는데……

딸내미 목소리를 못 듣는 것은 가혹한 형벌이다. 매일 자기 전에 부둥켜안고 그날 하루를 이야기한다. 가장 행복한 시간이다. 한 달

동안 그럴 수 없다고 생각하니 눈물이 날 것 같았다. 딸은 나보다 강했다. 인생의 목표를 위해서는 참을 줄도 알아야 한다나 뭐라나. 결국 딸 고집을 꺾을 수가 없었다. 그렇게 딸은 기숙학원으로 떠나고, 나는 베트남 여행을 떠났다. 예쁜 풍경을 볼 때, 맛있는 음식을 먹을 때, 딸 생각에 목이 멨다. 무엇보다 연락이 안 되는 게 힘들었다. 물론 급한 일은 담임 선생님을 통해 할 수 있었지만, 그 또한 자제해달라는 분위기였다. 호들갑 떠는 학부모로 비칠까 참아야 했다. 대신 기숙학원 홈페이지에 편지를 올리면 담임 선생님이 출력해서 전달하는 식이었다.

마침 그때 '라이팅 코치' 공부를 시작했을 때였다. 글 쓰는 삶을 시작하고 좋은 점이 한둘이 아니었다. 내 삶을 돌아보고 기록하다 보니 삶이 자연스레 좋아졌다. 시간이 갈수록 기회가 된다면 사람들에게도 글 쓰는 법을 알려주고 싶었다. 고민 끝에 라이팅 코치 과정을 신청했다. 수업을 단 한 번도 빠트리지 않고 들었다. 수업이 끝나면 내가 어떻게 적용할 수 있는지 고민했다. 시간이 흐를수록 겁이 덜컥 났다. 첫 포부와 달리 공부할수록 자신이 없어졌다. 초라한 글쓰기 실력을 볼 때마다 이런 생각이 스멀스멀 올라왔다.

'이런 실력으로 과연 사람들을 가르칠 수 있을까?'

여행지에 와서도 온통 집필하느라 정신없었다. 공저와 두 번째 개인 저서를 퇴고 중이었다. 글을 쓰면 쓸수록 부족한 점만 보였다. 그날도 출판사에 보낼 원고를 다시 꼼꼼히 살폈다. 형편없어 보인다. 시간을 보니 새벽 1시였다. 결국 저장 버튼을 누르고 내일 다시 보기로 했다. 눈이 침침했다. 긴 하루가 끝나면 기숙학원 홈페이지에 들어가 딸에게 편지를 썼다.

'안녕! 똥강아지! 보고 싶어서 눈병이 날 것 같다. 지금쯤이면 침대에 함께 누워 너의 머리칼을 쓸어 넘기면서 볼을 비비고 있을 텐데. 서로의 하루를 이야기하느라 또 잘 시간을 넘겼다면서 킥킥대면서 말이야. 오늘은 어떤 하루였어? 저번 편지에서 선행을 하지 않아서 수학 수업을 따라가기 어렵다고 한 건 잘 해결됐는지 모르겠다. 오늘 엄마는 글쓰기 수업을 듣고 공저 1차 퇴고를 끝냈단다. 그런데 고민이 있어. 글을 쓰면 쓸수록 자꾸 내 글이 못나 보여. 자신감이 없어져. 다들 엄마보다 잘하는 것 같아. 비교하면 안 되는데 자꾸 비교하게 되고. 오늘 우연히 핸드폰에 있던 동영상을 봤어. 네가 초등학교 5학년 때 수학 문제집을 풀다가 안 풀린다며 서럽게 우는 거야. 눈물을 닦아주면서 그때 엄마가 이렇게 말하고 있더라.
"공주님! 괜찮아요! 절대 늦지 않았어. 너를 힘들게 하는 건 너 자신이야."
엄마로서 조언이랍시고 있는 척은 다 했더라고. 공부를 해보니 네 마음을 누구보다 알 것 같아. 오늘도 숱한 좌절을 했을 거야. 풀리지 않은 수학 문제를 붙들고 고군분투했을 너의 모습이 선하다. 있잖아, 우리 서로 매일 말해주자! 늦지 않았고 충분히 잘하고 있다고! 내가 나를 응원하면 온 우주가 응원해 준다고 하더구나. 내가 나를 믿는 것만큼 강력한 것은 없거든. 엄마는 엄마를 믿을 거야. 그러니 너도 너를 믿으렴. 우리 서로에게 가장 든든한 응원단장이 되어주자. 오늘은 유독 더 보고 싶다. 사랑한다.'

그렇게 편지를 게시판에 올리고 블로그 일기장을 열었다.

'할 수만 있다면 평생 글을 쓰면서 살고 싶다. 매일 좌절하는데 왜 글 쓰는 게 좋을까? 글 쓰는 삶을 시작하고 좋은 점을 적어본다. 관찰하며 사는 재미가 쏠쏠하다. 사람들과의 대화, 지나가면서 보게 된 풍경, 그날 먹었던 음식 등 그냥 스칠 수 있는 일상도 모든 게 글감이다. 글로 옮기는 순간 그날 하루는 그냥 흘려보내는 하루가 아니다. 배울 수 있었던 부분을 글로 적다 보면 내가 큰다. 생각의 폭도 넓어졌다. 예전과 달라졌다. 힘든 일이 있을 때 다양한 각도에서 생각해 보는 여유도 생겼다. 무엇보다 나의 경험을 담은 글이 타인에게 위로와 공감을 전할 때가 있다. 세상에 선한 영향을 끼친다는 사실만큼 기분 좋은 게 있을까. 글을 쓰면서 조금씩 성장하고 있다. 앞으로도 나는 나를 응원할 것이다. 평생 글 쓰는 은희로 살 수 있게.'

그렇게 5주간 매일 딸에게, 그리고 나에게 응원을 보냈다.

"네가 어떤 삶을 살든 나는 너를 응원할 것이다."

다시 들어도 참 멋진 말이다. 응원이 필요한 나와 누군가에게 그런 존재가 되어보는 것은 어떨까? 오늘은 무조건 내 편이다.

임주아

에세이 〈일상과 문장 사이〉는 나의 글쓰기 스승 이은대 작가의 책이다. 글쓰기 주제이면서 일상의 이야기로 가득하다. 작가는 인생 안에 글감이 가득해서 무엇으로도 쓰지 못할 것이 없다고 주장한다. 더럽고 하찮게 생각하는 변 이야기로 시작해 어떻게 살아야 하는가의 깊은 주제까지 연결된다. 작가만의 유쾌한 해학과 지혜를 풀어 녹인 책이다. 본인이 경험했던 이야기와 에피소드를 글쓰기와 연결해 술술 읽힌다. 글쓰기 책이면서도 인생 태도에 관한 책이다.

> 분노가 사랑으로 바뀔 때, 아쉬움이 감사로 변할 때, 살맛이라는 게 느껴지더라. *(p.81)*
> 빠르고 쉬운 길은 내리막길밖에 없다. *(p.95)*
> 무엇에 초점을 맞출 것인지, 어떤 철학으로 살아갈 것인지, 어떤

그림을 남기고 떠날 것인지. 그 중심에 '내'가 있어야 한다. (p.100)

"여기도 사람 사는 곳입니다. 너무 힘들게 생각하지 마세요."
(p.183)

글을 쓰고, 자신이 쓴 글을 읽고, 못 쓴다는 사실을 눈으로 확인
하고, 고쳐 쓴다. 다시 고쳐 쓴다. 다시 고쳐 쓴다. 이것이 글쓰기
다. (p.221)

글 쓰는 사람의 일상은 뭔가 다르다. 무슨 일이 일어나든 글감이 된다. 개차반 같았던 기분도 글쓰기 하나로 순식간에 마음을 바꿀 수 있다. 글을 쓰려면 예리한 관찰력으로 사물을 꿰뚫어 보려 노력해야 하기 때문이다. 옳고 그름과 세상 이치에 대해 생각하게 된다. 같은 것도 다르게 해석하는 힘이 생긴다. 이은대 작가의 글을 통해 '글감의 한계는 없다'라는 것을 깨달았다. 세상에 글로 쓰지 못할 것은 없다.

험난한 인생이 글감이 되다

태어나자마자 조산원에 버려져 오갈 곳 없는 나를, 권사님인 할머니의 권유로 그녀의 아들 부부가 나를 입양했었다. 이미 아들 둘이 있는 부유한 의사 집안이었다. 어찌 된 영문인지 2년이 지난 후 파양 당했다. 후로 이 집 저 집을 전전했다. 나를 보낼 집이 없어서 이리저리 수소문하다가 엄마를 만나게 되었다. 훗날 엄마는 갈 곳 없이 떠돌아다니는 내가 당신 같아서 불쌍해서 보낼 수가 없었다고 했다. 엄마 혼자서도 먹고 살기 빠듯한 상황이었는데, '산 입에 거미줄 칠까'하는 생각으로 데려왔다고.

고생은 가난한 것에서 그치지 않았다. 엄마의 친척들은 나를 달갑지 않게 생각했다. 공공연하게 데려와 키운 업둥이는 눈엣가시로 함부로 대해도 되는 '은혜 입은' 아이에 지나지 않았다. 쳐다보는 눈초리가 매서웠고 친척 집에 방문했을 때 외톨이가 된 기분이 들었다. 내가 그들을 만났을 때마다 한 번도 빠지지 않고 들었던 말은 "너는 엄마 없으면 죽은 목숨이었다. 그러니까 잘해라."였다.

눈치나 사리 분별이 뭔지 조금 알고 나서는, 꼭 가야 하는 큰일 빼고는 그들과 만나지 않으려 했다. 가끔 마주하게 되면, 아직도 겉으로 아무렇지 않은 듯 행동하지만, 엄마가 없다면 다시 보지 않아도 될 사람들이라고 생각한다. 그들이 준 상처 따위는 돌아보지도 않는다. 그저 나에게 잘해주는 사람들에게만 집중하면 그뿐이다.

내 이야기를 책으로 쓰면 열 권도 넘겠다!

마음속에 응어리진 사연들이 많아서 책으로 엮으면 열 권은 넘겠다고 생각했다. 〈봄이 오는 시간, 한번 살아보겠습니다〉 한 권을 쓰니 바닥이 났다. 내 이야기를 쓰려고 했는데 써보니 주변 사람들 이야기도 많았다. 특별히 '나 혼자' 힘들게 살아왔다고 생각했는데, 막상 글을 보니 아니었다. 나만의 착각이고 오류였다. 사람이라면 모두가 각자의 이유로 사는 게 힘들다. 남의 고통보다 내 손톱 밑의 가시가 더 아프다는 말도 있지 않은가.

자신의 이야기로 책을 내고 싶다고 생각하는 것은 인간의 기본 욕구 중 하나라고 글쓰기 수업에서 들었다. 사람으로 태어나 내 이름으로 책 한 권은 남기고 가자는 라디오 광고 문구처럼, 나는 딱 한 권만 남기고 갈 것인가? 아니다. 계속 글 쓰는 삶을 이어가고 싶다. 험난한 내 인생을 글감으로 중년의 나이가 되어서야 '출간 작가'가 되었지만, 앞으로도 글 쓰는 삶으로 계속 걸어갈 것이다.

"어떤 것이든 글로 쓸 수 있다! 그러니 못 쓴다고 하지 마! 이 책이 증거다!"

과거에 썼던 힘든 시간 말고 다른 일을 쓰려니 내 글쓰기 실력이 한없이 부족하다는 걸 알았다. 주제도 모르고 글감도 모르겠다고 투덜댔었다. 막막하던 나에게 한 줄기 희망이 보였다. 모든 것이 글감이라 주장했던 이은대 작가가 책으로 그것을 증명했다. 책을 읽고 실제로도 주변을 둘러보니 그랬다. 출근하는 길에 버스를 탈까, 택시를 탈까도 글감이 되었고, 버스에서 만난 멋진 정장을 빼입은 아저씨의 머리가 까치집인 것도 글감이 되었다. 비 내리는 퇴근길에 차가 막히는 일도 글감이 되고, 내가 보고 듣고 겪는 모든 일들이 사방천지 글감이었다.

에이, 내가 어떻게 책을 내!

될까? 안될까? 의심하며 공부하다 5개월 만에 완성된 초고로 출판사와 계약을 맺었다. 후에 출판사의 사정으로 계약이 무산되는 우여곡절이 있었지만, 결국 내 이름이 인쇄된 책을 만날 수 있었다.

아이 키우며 직장 다니던 평범한 아줌마가 작가로 변신했다. 당신이 무슨 책이냐며 구박했던 남편은 이제 '임 작가'라고 부른다. 남편 모임에서 내가 작가가 되었다고 책을 구매하고 사인해달라며 만나자 한다. 작가가 되니 남편의 어깨도 조금 올라간 듯하다. 사춘기 딸도 엄마가 어떤 글을 쓰는지 궁금해한다. SNS 팔로우도 해주고 '좋아요'도 눌러준다. 직장에서도 그냥 직장인 아닌, 작가인 직장인이 되었다. 직원들도 어떻게 책을 다 냈냐며 대단하다고 칭찬한다. 출간 작가가 된 것만으로 뭔가 대우받는 기분이다.

새로운 사람들을 만날 때, 회사 이름과 직급으로 소개한다. 별 반응이 없다가도 옆 동료가 작가라고 하면 작가님이세요? 관심을 보인다. 작가라는 훈장이라도 단 것처럼 사람들은 나에게 칭찬을 아끼지 않는다.

글 쓰는 삶이 내 삶이 돼주어 고맙다. 일상의 경험을 글감으로 녹여내는 작가로 독자와 만나고 싶다. 힘든 이들에게 희망을 줄 수 있는 작가의 길을 걸어가려 한다.

글 쓰는 삶, 감사합니다!

외로움이 가져다준 선물

최주선

2023년 6월 출간된 〈ALONE〉은 베스트 셀러에 올랐다. 줌파 라히리 외 21명이 집필한 외국 수필이다. 꼭지마다 작가들 이력이 나와 있는데 대부분 여성이었고, 이미 여러 권 출간한 작가들이었다. 책 한 권으로 결론지을 수는 없지만, 아마도 '외로움'에 관한 주제로 책을 쓴 작가가 여성이 많은 것으로 보아 외로움을 쉽게 타는 것도 외로움을 오롯이 즐길 줄 아는 것도 여성이 더 많다는 이야기가 아닌가 싶었다. 각각 다른 색깔의 글 덕에 22권의 책을 읽는 기분이 들었다. 이 책을 읽으면서, 고독과 외로움에 대해 생각할 수 있었다. 외로움과 고독을 느끼게 만드는 주체와 환경은 다양했다. 외로움의 종류 또한 달랐다. '외로움'이라고 해서 딱 하나의 감정으로 모이는 것이 아니란 것도 느낄 수 있었다. 그저 명명하길 '외로움'이라고 말할 뿐, 우리가 느끼는 감정은 상황과 환경, 대상에 따라 달라지기에 하나의 단어로 묶기에는 모자란 게 아닌가 생각이 들 정도였다.

남아프리카 공화국에 온 이후 고요하고, 적막하고, 심심하다 못해 외로웠다. 아는 사람이 없고 그다지 갈 곳도 없는 이 땅에서 내가 할 수 있는 건 뭐든 하는 것이었다. 둘이 사는 사람보다 혼자 사는 사람이 다섯 식구와 함께 살 때 느끼는 행복과 비례한다는 기사를 본 적이 있다. 사람이 많아서 외롭지 않고, 사람이 적어서 외로운 게 아니란 거다. 남의 나라에 와서 사는 일 자체가 외로울 수는 있지만 그게 가장 큰 이유는 아니다.

나는 원래 혼자서는 뭘 잘 못하는 사람이었다. 어딜 가도 뭘 먹어도 뭔가를 배울 때도 혼자는 왜인지 부끄럽고, 초라하게 느껴져서였다. 그래서 자꾸 누군가를 찾았다. 그리고 찾지 못하면 계획을 무산시켰다. 친구, 친오빠, 엄마, 아빠, 남편… 그 누구라도 같이 할 사람을 찾았다. 학생 때는 자취와 독립이 꿈이었다. 그맘때 친구들은 대부분 그런 로망이 있었다. 그러나 성인이 되어서는 환경의 제약과 마음의 제약 탓인지 그런 일은 없었다. 막상 할 수 있는 상황이 되었더라도 혼자는 하지 않았을 거다. 그럴 필요도 없는 거리의 직장을 다녔고, 그렇게 따로 돈을 들여가면서 살 필요가 없었다.

결혼하기 전에는 커플이 부러웠다. 결혼하고 나서 다섯 식구가 되고 보니, 이제는 혼자인 게 이따금 부럽다. 혼자였을 때 여행도 하고, 혼자였을 때 맘껏 혼자만의 시간을 누렸어야 했다고 종종 생각했다. 나는 지극히 혼자이길 힘겨워하는 사람 중의 하나였다. 공교롭게도 며칠 전에 '혼자' 할 수 있는 일에 대해서 누군가와 이야기를 나눴는데, 그때도 나는 '혼자가 힘들었던 사람'이라는 이야기를 빼놓을 수 없었다. 적어도 내 나이 20대 초반까지는 세상에서 가장 신기한 사람이 혼자 식당에 밥 먹으러 오는 사람이었다. 혼자 와서 밥을 시켜서 먹는 사람이 그때는 왜 그렇게 신기했는지 모르겠다. 아이를 낳고도 패밀리 레스토랑에 아이를 데리고 와서 혼자 밥을 먹는 (심지어 아이는 이유식을 먹는데) 엄마가 신기했다. 이상한 일이 아닌데도 나는 하지 않는 걸 하는 사람이 신기하고 용감해 보였달까. 어쩌면 하지 '못'한 것이라는 말이 더 맞을 수도 있겠다. 나도 언젠가 한 번 해볼까 싶은 마음도 있었으니까. 그러니까 나는 혼자서 뭘 하는 걸 잘 하지 못하는 사람이었다.

집에 있는 시간을 빼고 어딜 방문해야 하거나 해결해야 할 일이 있을 때는 가능하면 꼭 누구와 같이하려고 했다. 어렸을 땐 엄마였고, 학창 시절에는 친구였고, 결혼 후에는 남편이었다. 같이하는 걸 좋아한다고 말할 수도 있겠지만, 역설해 보자면 나는 외로움을 많이 타고 겁도 많은 부류의 사람이었던 거다. 그런데 신기하게도 같이 있다고 해서 외롭지 않다는 게 아니란 걸 살면서 서서히 알게 되었다. 혼자일 때보다 오히려 둘이 있을 때 더 외로울 수 있다는 것, 무리에 섞여 있지만 그 안에 나만 덩그러니 외로움의 중심에 있는 것 같다고 느꼈던 때가 수없이 많았다. 마치 내 인간관계에 문제가 있는 게 아닐지 생각하면서 말이다.

　새로운 집으로 이사한 지 약 두 달쯤 되었다. 이사를 결정했던 가장 큰 원인은 집의 결함이었지만, 공간 분리 문제도 있었다. 남아프리카에 온 지 7년이 되는 동안 나는 지겹도록 남편과 한 공간에서 거의 종일 같이 시간을 보냈다. 그나마 다행인 건 공간은 같지만, 다른 시간을 사는 것이다. 더 많은 방이 있는 집으로 이사할 수는 없었다. 분리의 목적답게 남편은 거실 귀퉁이에 책상을 놓았고, 나는 침실에 책상을 두었다. 이사한 집은 이전 집보다 거실이 아늑하고 덜 춥다. 가을이 된 지금, 아침저녁 기온 차가 점점 벌어지고 있다. 공간 분리의 소원은 이루어졌지만, 그 탓에 남편은 거실로 쫓겨난 꼴이 됐다. 방안에서 늦게까지 녹음하고, 글 쓰는 나를 배려해 종종 거실 소파에서 자는 날이 늘었다.

　"어머, 지금 외박한 거야? 결혼할 때 나보고는 싸워도 각방은 쓰지 말자면서, 지금 밖에서 잔 거야?"

　농담처럼 이야기했지만, 그저 밖에서 자다가 방안으로 기어들어 오는 게 더 귀찮다는 말에 괜스레 심통이 났다. 옆에 항상 누군가가 있다가 없으면 밤새 자면서도 썰렁한 기운을 느낀다. 비단 내려간 기온 탓만은 아니었다. 22인 중 〈새로운 희망〉의 저자 제스민 워드는 코로나로 33세에 먼저 세상을 떠난 남편의 빈자리를 사무치게 그리워하는 외로움에 대해서 말한다. 누군가의 부재로 인한 외로움과 슬픔에 대해서는 뭐라 위로하기도 말하기도 어렵다. 반면, 〈기묘하고도 힘겨운 기쁨〉의 저자 헬레나 피츠제럴드는 남편이 집을 비워서 혼자 침대를 쓰는 날을 반긴다며 나와 반대가 되는 이야기를 한다. 어떤 모양으로든 '외로움'을 시간의 축적에 따라 자기 것으로 온전히 받아들이고 감당하는 모습을 읽을 수 있다.

혼자일 때는 같이 있고 싶고, 같이 있을 땐 혼자 있고 싶어진다. 사람이 참 간사하게도 아니, 인간의 본성이 그러하려니 싶다. 함께 있어서 좋지만, 혼자인 시간을 통해 사색하고 성장하기도 한다. 그래서 일부러 고독을 찾고, 외로운 시간조차도 애써서 선택할 필요가 있다. 함께 할 수 있는 사람이 있고, 그 시간의 사이에 나 스스로 외롭기를 선택하고 시간을 충분히 즐길 수 있다는 것 자체가 감사한 순간이다. 나는 혼자 뭘 해야 할지 모를 때 외롭다고 느낀다. 다행인지 오히려 아무것도 하지 않는 시간이 없을 정도로 바빠서 허둥지둥거리는 날이 더 많다. 그래서 일부러 고독한 시간을 찾으려고 애쓰기도 한다. 오롯이 혼자만의 시간을 즐기기 위해 책과 글로 채우고 있다.

남아공에 와서 외로웠을 때 사람을 만나기보다 자기 계발에 힘을 쏟았다. 그 외로움 덕분에 나는 빈 시간을 '성장'으로 꽉꽉 채워넣을 수 있었다. 함께 하는 시간은 필요하다. 그러나, 혼자 있는 시간 또한 선택해야 한다. 외로움과 고독은 성장할 수 있는 절호의

찬스다.

책 속에 이런 글귀가 나온다.

"우리는 모두 이 세상에 홀로 왔다가 홀로 떠난다."

"당신이 외로움을 좀 더 다정하게 대할 수 있기를…."

제4장

쓰러질 순 있어도
끝나지는 않는다

어렸을 때부터 책을 매우 좋아했다. 책과 함께하는 시간은 언제나 나에게 휴식이었고, 다른 세계로의 탈출구였다. 하지만 글쓰기는 얘기가 달랐다. 책 읽기가 나에게 자연스럽게 다가왔던 것과는 달리, 글쓰기는 항상 어려움과 도전의 대상이었다.

글쓰기에 대한 두려움은 어린 시절로 거슬러 올라간다, 정확히는 초등학교 6학년 여름방학 때다. 당시, 여름방학 숙제로 제출해야 했던 일기장이 내 두려움의 시작이었다. 매일 즐겁게 보내며 그 경험들을 일기에 담는 것을 큰 기쁨으로 여겼다. 그러나 담임 선생님은 "넌 하루 종일 노는 것만 하니? 공부하는 시간을 늘렸으면 좋겠구나."라는 코멘트를 남겼고, 이 말은 나에게 깊은 상처로 남았다. 그 이후, 일기 쓰기를 멈추었다. 글을 쓰려고 할 때마다 선생님의 말씀이 떠올랐다. 이후로 글쓰기 자체에 대한 근본적인 두려움을 키우게 되었다.

한 달에 읽는 책이 90권이다. 매일 책에 파묻혀 살다 보니 한 달에 20번이 넘는 독서 모임을 운영하거나 참여한다. 독서 모임으로 만난 지인들이 항상 물어보는 말이 있다. "단비 씨는 항상 책과 함께하니, 글도 분명히 잘 쓰겠어요."

이러한 기대에 손사래를 치며 항상 같은 대답을 한다.

"아니에요, 저는 글쓰기는 못 해서 좋아하지 않아요. 사실 독서만 좋아해요."

이런 대답에 대부분의 사람은 의아해하며 나를 다시 쳐다본다. 사람들의 기대와는 달리, 여전히 글쓰기 언제나 내겐 도전이었다.

이러한 두려움을 극복하고자 글쓰기에 관한 책들을 열심히 탐독했다. 수백 권의 책에서 나온 조언들, 예를 들어 "구체적으로 써라", "마음 가는 대로 써라"와 같은 다양한 조언을 하나하나 실천해 보았지만, 이러한 조언들이 실제로 나에게 도움이 되었다고 느껴지지 않았다. 오히려, 글을 쓸 때마다 머릿속에는 더 많은 규칙이 떠오르고, 이런 규칙들을 고려하느라 글쓰기에 대한 고민만 더욱 커졌다. 글쓰기의 기술적인 부분을 배우기는 했지만, 그 과정에서 내가 전하고자 하는 이야기의 본질을 잃어버린 것처럼 느껴졌다.

그러던 중, 헤르만 헤세의 〈삶을 견디는 기쁨〉이라는 책에서 "새로 태어나고 싶은 사람은 죽을 각오가 되어 있어야 한다"는 문장을 읽었다. 이 문장은 나에게 큰 울림을 주었고, 글에 대한 두려움을 극복하고 싶은 강렬한 욕구를 불러일으켰다. 그래서 매일 질문을 적고, 그에 대한 답을 글로 써내기 시작했다. 처음에는 막막했지만, 점차 글쓰기에 재미를 느끼기 시작했다.

글쓰기를 잘하는 방법에 관한 책들은 나에게 도움이 되지 않았다. 글을 쓰면서 고통을 감내한 작가의 생생한 경험들은 공감을 일으켰다. "질곡 많은 인생을 살지 않았다면 나는 이 책을 쓸 수 없었을 것이다."라고 책 뒤표지에 그가 한 말이 적혀 있다. 글쓰기를 단번에 잘하는 사람은 없었다. 그걸 깨달으며 그를 본받아 일단 써 보자 생각했다. 점점 늘어나는 글들을 보고 또 보며, 고쳐도 보고 문장을 덧붙여도 보면서 글을 완성해 갔다. 여전히 마음속에는 두려움이 가득했다. 극복해야 한다는 의지로 글을 채워갔다. 하지만 채워진 글을 읽어보고 나는 또다시 두려움에 사로잡혔다. 열심히 쓴글들을 다시 지우고 절망에 빠졌다. 그리고 마지막 희망으로 책을 꺼내 읽었다.

"행복을 찾아 헤매는 동안 그대는 행복해질 준비가 되어 있지 않다. 모든 것은 당신이 가장 소중하게 생각하는 것이 될 수도 있다."(p.102)

헤르만 헤세가 적은 '행복'이라는 시가 책에 수록되어 있다. 글을 읽으며 생각했다. '맞아! 글쓰기도 같아. 글쓰기를 찾아 헤매는 동안은 글쓰기가 나에게 올 수 없어. 글을 쓰는 과정도 소중하게 생각해야만 글쓰기가 내 것이 될 수 있을 거야!'

이 경험은 나에게 글쓰기에 대한 새로운 깨달음을 주었다. 글쓰기는 단순히 기술이나 규칙의 문제가 아니라, 자기 생각과 감정을 솔직하게 표현하는 과정이라는 것. 그리고 때로는 두려움을 넘어서는 용기가 필요한 일이라는 것을. 나의 이야기를 글로 옮기는 과정에서 자신감을 잃어버렸지만, 점차 그 두려움을 극복하고자 하는 욕구도 함께 자라나고 있었다. 마음에 들지 않는 글들도 이제는 지우지 않고 저장해 놓는다. 매일 그런 글들을 1~2개 만들어 낸다. 다시 보고 싶지 않은 글이지만 내가 글쓰기를 하는 과정이라는 마음으로 차곡차곡 글 창고에 저장해 두었다.

글쓰기를 극복하기 위해서 헤세의 책과 함께 고군분투하였다. 처음으로 1,000자 에세이를 완성했을 때, 그 기쁨은 말로 표현할 수 없었다. 글을 완성하고 SNS에 조심스럽게 글을 올렸다. 많은 사람이 내 글에 공감해 주었다. 그 순간은 나에게 있어서 하나의 큰 전환점이었다. 그것은 나의 글쓰기 시작점이었으며, 그때부터 매일 글을 쓰기로 결심했다. 아침에 일어나서 30분 동안 글쓰기를 하는 것은 이제 내 일상의 일부가 되었고, 이것은 예전의 나에게는 상상도 못 할 변화였다. 글쓰기에 대한 이전의 부담감은 점차 사라지고, 대신 글쓰기는 나에게 삶의 활력소가 되었다.

그럼에도 여전히 두려움은 존재한다. 글이 잘 써지는 날도 있고 그렇지 않은 날도 있다. 그럴 때 고개를 푹 숙이다가도 책상 앞을 바라본다. 책상 한가운데 적힌 책에서 전해 준 한마디. "마지막 한 걸음은 혼자서 가야 한다." 이 글을 매일 아침 큰소리로 읽으며 또 다시 글을 쓸 용기를 얻는다.

　매일 아침, 종이나 컴퓨터 앞에 앉아 내 생각과 감정을 글로 옮긴다. 이 과정에서 나 자신을 더 깊게 사색하고, 다양한 생각에 대해 사유하게 된다. 때로는 어려움을 겪거나 마음이 무거울 때, 글쓰기를 통해 내 감정을 정리하고 마음의 안정을 찾기도 한다. 글쓰기는 나에게 있어서 자기 치유의 과정이며, 자기 발견의 여정이기도 하다. 이러한 일련의 과정을 통해 이 삶이 얼마나 소중하고 아름다운지를 새삼 느낀다. 계속해서 글을 쓰는 사람으로 살고 싶다는 간절한 바람을 품게 되었다.

　이제 당당하게 말할 수 있다. "저, 글 쓰는 여자예요." 더 이상 글쓰기를 두려워하지 않으며, 내 생각과 감정을 글로 표현하는 것을 즐긴다. 나의 글이 타인에게 어떻게 읽힐지 걱정하기보다는, 나 자신의 목소리를 찾고 내가 전하고자 하는 메시지를 솔직하게 담아내는 데에 집중한다. 글쓰기를 통해 나 자신과 더 깊이 소통하고, 나의 삶을 더욱 풍부하게 만드는 법을 배웠다. 나에게 글쓰기는 단순한 취미를 넘어서, 삶의 방식이자 태도가 되었다. 글쓰기를 통해 매일 더 의미 있고 충실히 살아가고자 노력한다.

〈멀고도 가까운〉은 리베카 솔릿의 어머니 이야기이다. 딸을 못마땅해하며 시기하고 불평하던 어머니가 알츠하이머병에 걸렸다. 자신의 모든 이야기마저 하나둘씩 잊어 간다. 어머니의 집에 있던 살구나무의 '살구'를 모두 따서 집안에 들여놓으며 이야기는 시작된다. 책의 목차는 다른 책들과 차별화되었다. 살구를 시작과 끝에 두고 매듭을 중심으로 돌고 도는 '뫼비우스의 띠' 같았다. 이야기 안에 이야기들로 미로를 향하는 문을 열었다. '천일야화' '백조 왕자' '신데렐라' '프랑켄슈타인' '나니아 연대기' 등 다양한 이야기의 힘을 믿는다. 하나의 이야기를 다른 이야기 안에 넣어 자신의 경험을 전달한다. 리베카 솔닛은 그 이야기들을 거치며 어머니와 화해한다.

책을 읽는 동안 친정엄마 생각이 났다. 엄마와 화해 해야 할지, 치매와 화해 해야 할지, 생각이 복잡했던 책이었다. 책 제목처럼 엄마는 멀고도 가까웠다. 어머니의 분노와 억측을 시작으로 자녀들과 관계는 소원해 갔다. 살아왔던 세월에 대한 원망과 하소연, 불평, 불만 그대로를 보여주었다. 항상 당신을 최우선으로 돌봐주길 기대했다.

시력이 나빠지고 대소변 실수를 하자 원하지 않았던 요양원 입소를 하였다. 당신이 바라던 위풍당당한 모습은 사라지고 있었다. 기억의 끈 끝에서 자식들을 향한 마지막 배려인 것을 한참 후에야 알았다. 3녀 1남 중 둘째인 나에게 기대하는 것이 많았다. 학창 시절에는 엄마 일을 도와야 했고, 공부도 잘해야 했다. 결혼 후에는 남에게 돈을 빌리러 가지 않을 만큼의 재력도 갖추었다. 엄마는 형제자매를 돕길 원했다. 기꺼이 도와주었다. 나는 축복의 통로라 생각했다. 욕심을 내려놓고 엄마 말을 따랐다. 엄마의 필요를 채워주면 효도한 기분이 들었기 때문이다.

"엄마, 대학교수가 되었어요." 의기양양하게 말했다. "기집아가 잘되면 아들 일이 잘 안 펴진다."라는 답이 돌아왔다. 머쓱해졌다. 하나뿐인 아들을 애지중지하는 것은 알고 있었지만, 의외 반응이었다. 전문대학을 졸업한 동생에게 편입하던지 더 공부할 것을 채근하였다. 리베카 솔릿은 "어떤 어머니에게, 내 어머니에게, 딸은 나눗셈이지만 아들은 곱셈이다."(p.38)라고 했다.

과거의 상처를 들추어내는 것으로 엄마의 지난 했던 삶을 반추한다. 위로 딸 셋! 막내아들을 낳고 겨우 숨 쉴 수 있었던 그 시절 애틋했던 아들 사랑이었다.

자라면서 집안일도 많이 하였다. 아버지의 사업 부도로 먹고사는
것이 힘들었다. 다른 사업을 시작한 아버지는 고랭지 채소를 키운다
고 따로 살았다. 취업한 언니는 경기도에서 생활하고 초등학교 다니
는 동생들은 어렸다. 엄마는 돼지를 키웠다. 돼지우리에 수십 마리
돼지 똥을 치우고 지게로 져서 밭으로 옮겼다. 엄마가 불쌍하였다.
작은 체구로 무거운 지게를 짊어지고 돼지 똥을 나르셨다. 뒤뚱뒤
뚱 걸어가는 모습을 볼 때마다 다짐했다. 꼭 성공하여 편히 모시겠
다고 말이다. 힘이 닿는 대로 도왔다. 긴 장화를 신고 삽으로 돼지
똥을 치웠다. 흰 돼지, 검정 돼지들이 꿀꿀거리며 다가왔다. 그중에
서도 점박이 돼지를 예뻐했다. 이름도 지어준 것 같은데 기억나지
않는다. 이따금 커다란 점박이 등위에 올라타며 장난을 쳤다. "우리
둘째가 도와주니 일이 반으로 줄었다."라며 좋아하는 엄마 모습에
힘이 났다. 내가 아들이었다면 엄마가 덜 힘들었을 거라는 생각 많
이 했다.

어느 날, 돼지에게 줄 식당 음식 찌꺼기를 양동이에 들고 오는 길
이었다. 우리 반 아이들과 만났다. 부끄러워 숨고 싶었다.

"야, 너거들 어디 가노?"
"우리, 영어 선생님께 과외받으러 간다."
"오냐, 공부 열심히 하거레이."

생각과는 다르게 당당하게 아랫배에 힘을 주고 말했던 기억이 생생하다. 중3 때였다. 꿀릴 것 없었다. 나는 학급 반장이고 과외를 하지 않아도 성적은 좋았다. 단지 아쉬운 건 단발머리 영어 선생님과 가까이할 수 없다는 것이었다. 비 오는 날, 첫사랑 이야기를 해주며 가수 홍민의 '고별' 노래를 눈물 글썽이며 불러주었던 선생님. 영어 암송대회에서 나에게 엄지척을 해주던 선생님이다.

그날도 돼지 먹이를 힘겹게 들고 오던 길이었다. 달리는 군용 지프에서 오백 원과 십 원짜리 지폐가 날아와 내 앞에 떨어졌다. 다시 돌려주려 해도 차는 시야에서 멀어져 갔다. 엄마 일을 도와주는 나에게 복이 터진 것으로 생각했다. 그 돈을 엄마에게 전해 주었다.

"기억이란 지나가는 물고기를 모두 잡는 일은 결코 없으면서, 종종 있지도 않은 나비를 잡아버리는 그물 같은 것이었다."(p.25)라고 한다. 기억 저편에서 모두 해주었다고 생각했는데 돌아보니 받은 것이 더 많았다. 어려운 형편에도 엄마는 자녀들 학업을 뒷바라지하였다. "어떤 생명을 계속 지켜주기 위해 들이는 그 영웅적인 노력, 아무것도 하지 않으면서 모든 것을 요구하기만 하는 어떤 존재를 돌봐야 하는 그 끝없는 소모적인 일을 이해한 후에는 나의 어머니도 내가 기억하지 못하는 어떤 시기에 그 모든 일을 했음을 깨달았다."(p.50)라는 작가의 글에 공감한다. 자식들을 지켜주기 위해 먹여주고 씻겨주고 입혀 주었다. 쪼들리는 형편에 알뜰살뜰 모아서 해준 것이기에 애틋하였는데 잊고 있었다. 누군가에게 무언가를 받으면 빚을 얻는 기분이 든다. 그 부담감 때문에 꼭 답례하려 한다. 엄마와 자식의 관계가 빚의 관계는 아니지만 갚아야 한다는 거룩한 부담감이 있었다.

"삶의 말년은 그 모든 세월이 지혜가 되는 황금빛 시기이지, 엉망진창인 어린 시절로 혹은 그 너머로 퇴행하고, 정신병처럼 보이는 질병으로 썩어가는 시기가 아니다."(p.20)라고 했다. 다행스럽게도 엄마는 퇴행하고 정신병처럼 보이는 질병을 이겨 내고 있다. 홀로서기하며 자식과 당신의 매듭을 감을 수도 풀 수도 있었다. 엄마의 몇 년간 자기애적 저항으로 자식들이 힘든 시간을 보냈다. 그 힘든 시간, 책을 읽고 글을 쓰면서 엄마와 화해했다. 시간과의 싸움이었고, 나 자신과의 갈등이었다. 시간에 맞서 각자 나름의 세월을 보내고 있다. 내 속을 뒤집어 놓았던 엄마의 노년 모습은 수많은 모습 중 하나로 남아있다. 열정과 진심은 돈으로 살 수 있는 게 아니다. 그건 오직 덤으로만 주어지는 선물이다. 엄마를 향한 열정과 진심이 엄마 마음에 닿기를 기도한다. 엄마와의 관계는 깊은 어딘가에서 쓰러질 순 있어도 끝나지는 않았다. 엄마를 다시 사랑한다.

버텨야 했던 과거, 현재를 누리는 재료

백란현

〈내가 글을 쓰는 이유〉는 노트북 주변에 항상 두고 보는 책이다. 2020년 10월, 이은대 작가 책 쓰기 무료 특강을 접한 후 누구인지 궁금해지기 시작했다. 두 시간을 꽉 채워 보여준 강의에서 이은대 작가는 진솔하고 당당했다. 나도 잘하면 출간 작가가 될 수 있겠다는 희망도 품었다. 단, 검증이 필요했다. 강의 두 시간 듣고 홀딱 넘어갈 수 없다는 생각으로 구매한 책이 〈내가 글을 쓰는 이유〉였다. 결론부터 말하면 책을 읽은 후 이은대 작가에게 배우기로 결심했고 4년째 강의 듣고 있다. 과거의 내 모습이 아무리 고단했더라도 이은대 작가만큼 절망적이지는 않았다. 전과자, 파산자, 막노동꾼이었던 작가는 독서, 글쓰기, 강사, 동기 부여 등에서 나의 멘토가 되었다.

"만약 내가 글을 쓰지 않았더라면, 이미 그 생활에 힘없이 적응해 버렸을지도 모른다."

"막노동판에서의 적응은 경계해야 할 적이다."

〈내가 글을 쓰는 이유〉에서 발견한 문장이다. 섬유공장에서 3교대 일했을 때 대학 가지 않고 이렇게 살아도 괜찮겠다고 생각한 적 있었다. 복잡한 생각하지 않아도 되고 주어진 시간에 일하고 매달 월급 받으면서, 남는 시간에 드라마 보고 쉴 수 있었으니 재수하던 시간을 보상받는 기분이 들었다. 어느 날 일을 마친 후 공장 기숙사 안에 놀러 갔다. 함께 일하는 언니들끼리 나누는 대화에는 욕이 절반이었다. 기숙사 거실에서 담배 피우는 모습이 낯설게 느껴졌다. 이곳에서 계속 일한다면 나도 언니들처럼 살 것 같은 두려움이 생겼다. 그 이후에 교대 입시를 치렀다.

초등 교사가 되겠다는 꿈만으로 달렸다. 교대 입학, 대학 생활, 임용고시를 거쳐 김해에 정착했다. 교사 연수에서 나보다 후배인 선생님들이 강사로 내 앞에 선다. 나는 그동안 뭐 했나 돌아보았다. 대학원도 다니지 않았고 연구회 활동도 없었다. 그렇다고 꾸준히 책을 읽은 것도 아니었다. 그저 직장생활 출퇴근 반복과 아이 셋 키운 것이 전부다.

교사로 살면서도 적응은 경계해야 한다. 학교 일만 하고 퇴근할 것이 아니라 교사로서 어딘가에 소속되어 활동하고 싶었다. 그림책 읽고 이야기 나누는 연구회에 들어가 볼까 마음먹었으나 저녁 시간엔 모임에 갈 수 없었다. 혼자서라도 꾸준히 책 읽어보려고 했지만 작심삼일이었다.

무언가 이력을 쌓고 싶었다. 다른 사람 앞에 인정받길 원했다. 후배 강사들을 보면서 막연하게 교사들 앞에서 강의하면 어떨까 생각하면서도 내가 무슨 강의를 할 수 있을까, 강의 준비로 마음만 힘들어지는 건 아닐까 하는 생각도 동시에 하게 되었다. 강사로 나선다면 인정의 욕구 하나는 채울 수 있을 텐데 고생은 하기 싫었던 것 같다.

2020년 옆반 진 선생님이 독서교육 지원단 명단에 들어가 있었다. 지원단 안에는 2005년 그림책 소모임 활동 함께 한 선배 교사도 있었다. 그 후 김해 독서교육 지원단 신청 안내 공문 보고 신청해서 지원단이 되었다.

지원단으로서 첫 강의를 준비하면서 매일 피피티를 수정했다. 국어 교과서 수록 도서와 원작을 비교하기도 했고, 독서 단원을 어떻게 가르치면 좋을지 동화책 한 권을 선정하여 수업 흐름을 강의 자료에 넣었다. 첫 강의를 끝낸 후 부족하지만 처음 치고는 무사히 끝냈구나 싶어 뿌듯했다. 이전 학교에서 함께 근무했던 선생님들이 나를 불러준 덕분이었다.

〈내가 글을 쓰는 이유〉가 작가 공부를 해봐야겠다고 마음먹게 된 계기였다. 내 책도 누군가에게 변화의 시작이길 바라면서 〈조금 다른 인생을 위한 프로젝트>를 출간했다. 개인 저서와 공저에 내 이야기를 털어놓았다. 남편 공부방이 잘 운영되지 않으며 아이가 셋이라 가장 역할을 하고 있다. 양가 부모님 건강은 쇠약해지고 있다. 신용회복위원회 8년간 빚을 상환한 적 있었고 지금도 대출이 많다는 점까지. 내 삶을 책으로 낼 수 있구나. 나의 경제적 어려움은 숨길 일이 아니라 오늘을 살 수 있게 해주고 미래를 위한 삶의 재료라는 사실도 알아간다. 내가 글로 풀어낸 용기로 독자에게 힘을 줄 수 있다는 점도 깨달았다.

라이팅 코치 삶을 선택했다. 매달 책 쓰기 무료 특강을 진행하고 있다. 2023년 12월 마지막 나의 강의를 들었던 이 작가는 나의 삶네 컷이 계속 머릿속에 남았다고 했다. 그리고 자기 자신에게 책 쓰기 정규과정 수강권을 선물했다고 했다. 평생 쓰는 삶으로 초대된 것이다. 나의 삶을 나누었더니 함께 쓰는 작가가 탄생했다. 앞으로 쓸 이 작가의 글이 기대되는 이유다.

처음부터 내 삶을 드러내는 것 쉽지 않았지만 버텨야 했던 내 삶이 현재를 누리고 미래를 기대하는 재료가 되었다. 나에게 육아휴직 없는 세 아이 육아, 한때 신용불량자였던 가정 경제 문제, 섬유공장 3교대 근무 같은 경험이 없었다면 무슨 내용으로 강의했을까 싶다. 내 삶이라 다행이다.

평범한 교사에서 조금 다른, 글 쓰는 선생님이자 1학년 담임으로 살고 있다. 내 삶이 학생, 학부모, 동료 교사까지도 용기 내어 '쓰는 문화'로 이어지길 바라면서 오늘도 쓴다. 2024년 3월, 학부모 상담 주간에 전화 통화를 한 학부모는 백작.com이라고 표기된 내 명함을 보고 블로그에 방문했다고 했다. 그리고 〈여자, 매력적인 엄마 되는 법〉을 구매해서 읽었다고 내게 알려주었다. 학부모에게 읽고 쓰시라고 권해 드렸다. 이은대 작가의 저서 덕분에 시작했고 내 책 덕분에 우리 반 부모가 읽고 쓰는 삶을 만난다. 삶을 기록하고 공유하는 담임으로서 오늘도 허투루 보내지 않는 이유다.

책 한 권 내고 싶어서, 강의하고 싶어서 시작한 작가 공부를 통해 평생 글 쓰는 문화에 소속된 점에 감사하다. 그동안 버텼던 모든 순간을 글로 남긴다. 독자가 밑줄 긋고 용기 내는 계기가 되기를 바라면서.

누구나 자신이 경험한 인생 이야기를 가지고 있다. 이야기는 하얀 종이에 작품을 지을 때 내 글은 독자에게 닿는다. 순탄한 인생을 산 작가의 글도, 다사다난한 날들을 기록한 작가의 책도 독자에겐 희망이 된다. 독자 중에서 한 사람이라도 작가의 삶을 통해 쓰러지지 않는 용기를 배울 테니까. 우리가 글을 쓰는 이유다.

| 4-4 | 따로 또 같이 삽니다 |

변지선

법륜 스님은 '즉문즉답'으로 유명하신 분이다. 텔레비전에서 스님은 사람들의 고민에 막힘없는 시원한 답을 주셨다. 세상 심각하게 자신의 상황에 대해 질문하는 사람들에게 스님의 즉답은 명쾌했다. 화에 사로잡히지 않으면 상대에게 사로잡히지 않을 수 있다, 상대에게 말로 되갚아 주겠다는 생각을 버려라, 이기려고 하지 않는 게 가장 자유로워지는 길이다. 나이 오십이 넘고 보니 나도 웬만한 질문에는 스님과 비슷한 답을 할 수 있게 되었다.

"에구, 그게 뭐라고, 허허 웃고 넘기면 되지."

"먼저 말 거는 게 이기는 건데."

"못사는 사람도 많은데 그 정도면 행복한 건데, 감사하는 습관을 들여야겠군."

스님에 빙의된 듯 내가 답을 하고 있었다.

작년에 퇴직하신 관장님이 법륜 스님의 책 〈행복〉을 선물로 주셨다. '어떤 삶을 살고 있더라도 당신은 행복해질 권리가 있습니다' 책날개에 써진 문장이다. 어떤 삶을 살더라도 라는 말이 고마웠다. '어떤 삶'

나는 스물셋에 만난 대학 선배와 첫 결혼을 했다. 스물넷에 딸을 낳고, 스물여섯 살 때 아들을 낳았다. 착한 사람이었다. 그러나 소위 말하는 생활력 없이 일만 벌이는 게 싫어서 서른두 살 되던 해에 이혼했다. 지금 남편은 나처럼 이혼을 한 번 했던 사람이다. 연애할 때부터 아이가 초등학생이 될 때까지 나에게 항상 말했다 "네가 내 인생에 1번이다." 열 살의 나이 차이가 있어서 나를 귀엽게 봐줬다. 과묵하고, 꼼꼼한 사람이었다. 돈을 함부로 쓰지 않는 것도 좋았다. 돈 걱정은 안 하고 살 수 있을 것 같아 좋았다. 그런데 살다 보니 갈등이 생겼다. 꼼꼼하다 생각했는데 흐트러진 걸 못 보는 완벽주의였다. 돈을 함부로 쓰지 않는 모습이 좋았는데 엄청난 짠돌이었다. 물건을 제자리에 두지 않으면 잔소리했다. 책은 보고 나면 책장에 꽂아라, 가계부를 적어라 등 나름 스스로 꼼꼼하다 생각했는데 나보다 더했다.

"집에 들어오자마자 옷 걸어야 하나, 신경을 좀 끄셔."

"애들은 책을 여기저기 놓아둬야 오며 가며 본다니까."

"당신 월급으론 아파트 대출금 갚고, 내 월급은 살림 사는 용도로 정해져 있는데 뭔 가계부를 써?"

그때그때 애교로 넘겼다.

남편은 요리는 전혀 안 했다. 내 생일에 미역국 한번 끓여주지 않았다. 친구네 남편처럼 데우기만 하면 되는 즉석 미역국도 챙겨준 적 없다. 내가 임신했을 때도 퇴근해서 올 때까지 밥을 기다리고 앉아있었다. 소위 말하는 가부장적인 남편이었다. 하지만 그런 것은 문제가 아니었다. 진짜 문제는 남편과의 '온도 차이'였다. 나는 추위를 심하게 탔고 남편은 더워했다. 겨울에도 창문을 조금씩 열었고, 나는 춥다며 닫았다. 하루 한 번 환기를 시켜야 한다며 한겨울 아침에도 창문을 벌컥 열었다. 보일러를 자꾸 끄는 남편, 계속 켜고 온도를 올리는 나. 결국 옆방으로 갔다. 혼자 보일러 온도를 높이고 등을 뜨끈하게 지지면서 자던 날, 얼마나 좋던지. 그때부터가 각방의 시작이었다.

아들이 초등학교 5학년이 되었다. 엄마만 따라다니던 녀석이 친구랑 놀겠다고 했다. 처음엔 서운했다. 나도 차츰 직장에서 친구, 동료와 어울리는 시간이 늘었다. 저녁 회식에도 자주 참석했다. 토요일 등산모임도 가입했다. 임신 이후 10년 넘게 안 마셨던 술도 다시 마셨다. 귀가 시간은 늦어졌다. 남편과도 술 마시며 늦게까지 이야기하다가 결혼했다. 그런데도 늦은 귀가 시간을 인정하지 않았다. 회식 있다고 미리 알려주면 열 시까지 오라고 했다. 처음엔 남편이 싫어하니 늦지 않으려 했다. 술이 들어가고 이야기가 즐거우면 열두 시는 쉽게 넘겼다. 신데렐라도 아닌데 열두 시만 되면 놀라서 택시를 불렀다. 자꾸 늦으니 밤 10시쯤엔 어김없이 남편 전화가 왔다. 처음엔 회식 중인 사람들에게 미안하다며 먼저 일어났다. 차츰 바로 못 일어나는 사정을 남편에게 설명했다. 듣지 않고 계속 전화했다. 결국 폰을 무음으로 해놓고 전화를 받지 않았다. 전화 안 받는 것에 대한 잔소리가 보태졌다. 일주일에 한두 번 회식을 이해 안 해주는 남편이 답답했다.

그 당시를 생각해 보면 우리 문제는 두 가지였다. 하나는 서로를 존중하지 않았다. 서로 옳고 그름을 가리려고만 했다. 스토커처럼 계속 전화하는 건 옳지 않다고 생각했고, '여자가 밤늦게까지'라고 말하며 여자를 강조하고 내가 직장인인 것을 인정하지 않았다. 둘째는 내가 먼저 바뀌려고 하지 않고 상대를 바꾸려 했다. 직장생활하려면 그럴 수도 있겠다, 나를 생각해서 저렇게 하는 거란걸 인정하지 않았다. 가부장적인 남편이 나를 통제하려고 한다는 생각만 했다. 계속 말다툼만 했다.

아이가 고등학생이 되었다. 기숙사 있는 학교엘 갔다. 금요일 오후 집에 와서 일요일 저녁에 기숙사로 돌아갔다. 평일 저녁엔 남편과 둘만 있어야 했다. 어색했다. 일주일에 한두 번 늦던 귀가 시간을 서너 번으로 늘렸다. 일부러 저녁 모임을 만들었다. 영화를 두 프로나 혼자보고 들어간 적도 있었다. 늦게까지 일하고 갔다. 늘 잔소리만 하는 남편이 불편했다. 우린 마치 '잔소리꾼 아빠와 중2병 걸린 사춘기 딸' 같았다. 대화는 점점 없어졌다. 잔소리 듣기 싫고 말다툼이 싫어서 자리를 피하는 나를 남편은 미워했다. 갈수록 말투와 눈빛이 곱지 않았다. 이러다간 또 이혼할 판이었다. 심각하게 이혼을 고민했다. 아무리 그래도 두 번 이혼한 실패자 되기는 싫었다. 그렇다고 고분고분할 자신도 없었다. 떨어져 사는 걸 생각했다. 어느 여성지에서 읽었던 '졸혼 부부'의 이야기가 떠올랐다. 그래. 졸혼! 학교도 입학하고 수업 일수 다 채우면 졸업한다. 결혼도 아이 낳고 할일 다 했으면 '졸혼'을 해도 되지 않을까?

진지한 표정으로 소파에 마주 앉았다. 무슨 헛소리냐고 말했다. "그럼, 이혼 두 번 한 사람 될래?" 딱 1년만 떨어져 살아보자고 사정했다. 졸혼하고 사이가 더 좋아진다더라 꼬셔보기도 했다. 1주일 넘게 졸혼의 장점을 생각날 때마다 말했다. 일본에선 부부가 대부분 떨어져 산다던데…. 2주에 한 번씩 맛집 찾아서 외식도 하자. 각자 월급은 각자가 관리하며 살자. 마침 전셋집이 다음 달 기간 만료다. 내가 들어가서 1년만 혼자 살겠다고 했다. 이때, 남편의 눈빛이 흔들렸다. 태어나서 한 번도 혼자 살아본 적 없어서 혼자 살아보고 싶다고 사정했다. 계속 이러다간 잔소리에 말라 죽거나, 속병 나서 서로 암 걸리겠다고 엄포도 놨다. 드디어 오케이를 받았다. 딱 1년 남편이 그 집에 가서 살겠다고 했다. 난 아이와 함께 집에서 그냥 살라고 했다. 2021년에 졸혼 생활을 시작했다. 그리고 현재는 3년 차 졸혼 부부다.

"이번 주 토요일 점심은 어디서 먹을래?" 친구들 여덟 명과 베트남 여행에서 돌아온 남편이 식구 단톡방에 메시지를 보냈다. 아이가 친구랑 선약이 있다 했다. "그럼, 일요일 점심 먹자. 당신이 우리

동네로 오슈" "오케이!" 예전 같으면 토요일도 친구들 만나야 하냐, 친구는 다음에 보고 아빠가 밥 먹자고 하면 와야지 하면서 아이에게 핀잔줬을 남편이다. 이젠 각자의 시간을 인정해 준다. 결혼 생활 내내 우린 상대를 인정하지 않았다. 나 자신도 바꾸기 힘든데 상대에게만 바꾸기를 강요하며 싸웠다. 각자의 시간을 가지면서 한 발 떨어져서 서로를 보게 되었다. 이해하고 인정해 주는 마음이 생겼다. 졸혼 초기에 남편은 술에 취한 목소리로, 쫓겨난 거 같아서 억울하다며 전화한 적 있다. 다음 날 아침 좋아하던 '김치 콩나물' 해장국을 끓여 갔다. 고맙다고 했다. 밥 차려주고 고맙다는 말 들은 기억이 없다. 매일 밥상을 차렸을 때는 당연한 줄 알고 밥을 먹었고, 밥 차려주는 일이 고마운 일이란 걸 나도 모르고 살았다. 매일 같은 집에서 대화 한번 안 하던 우리는 이제는 카톡으로, 전화로 자주 대화한다. "화장실 형광등 불이 나갔네. 저녁에 와서 좀 갈아줄래?" 고마움을 느낄 일이 많아진다.

해외여행에 돈 쓰는 걸 아까워하던 남편이 올여름 해외여행을 제안했다. 집에 들어가기 싫어서 거의 매일 술만 마시던 나는 6시 땡 퇴근하고 집에서 책 읽고 글을 쓴다. 하마터면 완전히 '따로'가 될 뻔했다. '따로 또 같이' 사는 혼자의 시간이 오히려 자신을 돌아보고 상대의 소중함도 알게 해주었다. 어떤 삶이든 포기하지만 않으면 된다.

서한나

2020년 2월 8일 3P 자기 경영 연구소에서 3P 프로 과정 수강했습니다. 바인더 사용 방법을 알려주는 교육인 줄 알고 들었습니다. 들어보니 '자기 경영'을 해야 한다고 했습니다. 처음 들어보는 말이었습니다. 강사는 사장에게만 경영이 필요한 게 아니라, 나를 스스로 경영하는 게 필요하다고 했지요. 바인더는 자기 경영을 위한 방법의 하나였지요. 자기 경영을 하기 위해 시간을 잘 사용하는 게 중요하다고 했습니다. 하루 일정을 체크하고, 할 일 목록을 만드는 게 아니었습니다. 오늘 하루는 내 사명, 꿈, 인생 계획과 관련이 있어야 한다는 것을 알게 되었지요. 자기 삶을 잘 계획하고 살아가는 사람도 있어 놀랐습니다. 한결같은 모습으로 살아가는 강사가 대단하다고 느껴졌지요. 나도 한번 저렇게 살아봐야겠다고 다짐이 되더라고요.

처음으로 내 사명은 무엇일지 생각하는 시간이었습니다. 하루하루 살아가기에 바빴습니다. 인생에 구체적인 목표가 없었습니다. 막연히 나도 좀 잘 살았으면 좋겠다고 생각했습니다. 종이에 목표를 적어본 적은 더더욱 없었지요. 무엇을 써야 할지 망설여졌습니다. 강사는 고민하지 말고, 예시 중 마음에 드는 거 베껴 쓰라고 했습니다. 수정할 수 있으니 우선 적어 보는 게 중요하다고 했지요. 두 가지 사명을 적었습니다. '내가 만나는 사람들에게 선한 영향력으로 행복, 사랑, 돈, 지식을 나누는 삶을 살겠다.'와 '발달 장애인이 직업 의미를 깨닫고 사회 구성원으로 역할을 할 수 있도록 돕는 사람이 되겠다.'라고요. 사명을 적고 나니 정말 그렇게 살 수 있을 것 같다고 생각했습니다. 바인더에 적힌 사명을 읽는데 벅찼습니다. 작성한 사명을 옆자리에 앉은 사람과 나누는 시간이 있었습니다. 친구와 같이 수강해서, 서로 사명을 말하는데 눈물이 흘렀습니다.

수업을 마치고 책 한 권 추천해 줘서 그 자리에서 구매했습니다. 〈그래도(Anyway)〉입니다. 표지에는 강규형 대표 인생 책이라고 적혀 있습니다. 내용이 좋아 강규형 대표가 직접 재출간했다고 했습니다. 궁금했습니다. 어떤 내용이길래, 인생 책이라고까지 표현하나 싶었지요. 책 두께가 얇아서 좋았습니다. 책 안 읽는 사람이었으니까요. 읽어볼 만하다고 생각됐지요. 책 표지에는 역설적인 리더의 십계명이라고 쓰여 있습니다. 리더는 어떤 십계명을 가지고 있을지 궁금했습니다. 왜 역설적이라고 말하는지도요.

열 가지 계명은 단순했습니다. 사랑하라. 친절하라. 성공하라. 선행을 베풀라. 정직하라. 큰 뜻을 품으라. 약자를 위해 싸우라. 탑을 쌓아 올려라. 사람들을 도우라. 최선의 것을 세상에 주어라. 역설적 이라고 말한 이유는 쉬운 내용이지만 실천이 어렵기 때문이었습니다. 작가인 켄트 키스는 '역설적인 삶을 살 때 비로소 당신은 제정신 이 아닌 이 세상에서 자신만의 의미를 발견하게 될 것이다. 당신은 변화를 불러올 수 있다. 삶을 변화시킬 수 있다. 당신이 변화시키는 삶 중 하나는 당신 자신의 삶이 될 것이다.'라고 말했습니다.

책을 읽으며, 리더가 되고 싶었습니다. 좋은 리더는 어떤 리더일 지 생각해 봤지요. 좋아했던 리더들을 떠올려 봤습니다. 공통점을 찾아보니 자신이 말하는 대로 행동했습니다. 그런 모습을 좋아하고 따랐지요. 내가 먼저 변화하고 바뀐 모습을 보여주는 게 필요하다 고 느꼈지요. 자신은 하지 않으면서, 남에게만 바뀌어야 한다고 말 할 수 없으니까요. 강의 시간에 배운 대로 자기 경영하며 나를 바꿔 가야겠다고 생각했습니다. 할 일 세 가지를 정했습니다.

첫째, 매일 바인더를 쓰기로 했습니다. 해야 할 목록을 적어서 활 용하는 정도는 평소에도 했었습니다. 바인더에서는 시간을 미리 배 치하고, 실제 그만큼 시간을 썼는지에 대한 부분도 중요하게 봅니 다. 그렇게 시간을 활용해 보니 생각보다 여유 시간이 많더라고요. 매번 시간이 없다는 말을 달고 살았었습니다. 막상 바인더를 써보 니 그렇게 바쁘지 않았습니다. 해야 할 일들을 미리 계획해서 시간 사용하니 좋았습니다. 종종 놓치거나 깜박하는 것이 없어지니, 업 무도 꼼꼼하게 할 수 있었습니다.

둘째, 매일 책을 읽기로 했지요. 책은 장식품이라고 생각했습니다. 가끔 구매하긴 했지만 보지 않았습니다. 읽어도 무슨 말인지 잘 모를 때가 많았고요. 내용이 기억 안 나니 읽을 필요가 없다고 느꼈던 것 같습니다. 책 읽는 것 잘 몰랐습니다. 강의에서 중요하다고 하니 읽었습니다. 무슨 책을 골라야 할지 몰라 추천해 주는 도서 위주로 읽었습니다. 독서법도 배웠기 때문에 그 내용을 펼쳐놓고 보면서 하나하나 읽었습니다. 독서법 익히기까지 처음에 오래 걸렸습니다. 워낙 독서량이 없었기 때문이었지요. 5년이 지난 지금도 매일 읽습니다. 독서하는 습관을 유지하기 위해 독서 모임 운영하고, 참여도 합니다.

셋째, 새벽 시간 활용하기입니다. 어릴 때부터 일찍 일어났습니다. 일어나서 빈둥거렸지요. TV 보거나 소파에 드러누워 핸드폰 했습니다. 아침 식사를 여유롭게 하고, 학교 가거나 출근하는 게 전부였습니다. 강의에서는 새벽 시간 활용이 중요하다고 했습니다. 다른 사람에게 방해받지 않을 수 있는 시간이라고 했지요. 나를 위해 시간을 써야겠다고 결정했습니다. 건강을 위해 노완우 운동을 했습니다. 하고 싶었던 영어 공부도 하고요. 아침에 일어나 나만의 시간을 보내니 하루 시작부터 흐뭇했습니다.

자기 계발을 하면서 '내 삶이 가장 많이 변화될 것'이라는 켄트 키스의 말은 사실이었습니다. 자기 계발하며 바뀐 것은 세 가지입니다. 첫째, 지금 삶에 만족하게 되었습니다. 전에는 삶이 힘들었습니다. 매일 같은 일상이라고 생각하고 지루하게 느껴지기도 했습니다. 지금은 삶이 다르게 보입니다. 하루가 소중합니다.

둘째, 개인적인 성장이 있었습니다. 파워포인트, 강의법, 독서, 자녀와 대화법, 부모 코칭, 리더십, 아로마 테라피, 글쓰기 등 관심사가 많습니다. 궁금한 것 있으면 책을 찾아봅니다. 필요하면 강의도 들었습니다. 배우는 기쁨이 있었습니다. 덕분에 내가 배운 것을 주변 사람들에게 알려줄 수 있게 되었습니다.

셋째, 주변 사람들이 달라졌습니다. 나와 친하게 지내는 다섯 명이 나의 평균이라는 말 있습니다. 전에는 주변에 불만 많고 툴툴거리는 사람이 많았지요. 저 역시도 그랬고요. 지금은 다른 사람에게 긍정적으로 말합니다. 장점을 보려고 하고요. 자연히 주변에 좋은 사람들이 많아집니다.

변화는 내 마음에서 시작됐습니다. 누군가가 바꿔주길 기다렸다면, 나는 바뀔 수 없었을지 모릅니다. 5년간 여러 상황이 있었습니다. 결혼해서 아이를 낳아 기르고 있습니다. 13년간 다니던 회사는 퇴사했습니다. 글쓰기 코치를 하게 되었습니다. 상황과 상관없이 여전히 세 가지 할 일을 합니다. 나는 내 삶의 리더니까요.

길은 언제나 내 마음속에 있다

오정희

조회에 들어가려고 나오다가 마이크를 챙기지 않은 것이 생각나 교무실로 되돌아간다. 11년 고등학교에 근무하다가 중학교에 왔다. 중2 담임으로 처음 계약직 교사 생활을 시작할 때와 같은 상황이다. 그땐 뭣 모르고 시작했다면 지금은 그 특성을 조금은 알고 한다는 정도. 그래도 그 흐른 시간만큼 아이들도 근무 환경도 많이 바뀌었다는 것. 내가 상상하는 그 이상으로 아이들의 정서도 많이 달라졌다는 사실. 이제 막 3월이 지났지만, 어느 모습이 진짜인지 알 수 없다. 오늘 하루를 시작하기 위한 시간이다. 마이크를 찾아 가방에 넣고 다시 교실로 향한다.

"세상에 이런 일이, 이런 경우는 처음이네요."
아침을 챙기고 서둘러 출근길에 나섰다. 차를 빼려고 이중 주차

된 차를 밀었는데 하필이면 경사진 곳임을 미처 알지 못했던 나의 실수였다. 순식간에 차가 밀리면서 부딪쳤다. 그때 무슨 정신으로 어떻게 출근했는지 모른다. 조금 아프다는 정도? 그랬다. 일단 차로 와서 운전하고 근무지에 도착하여 주차할 때까지는 심각성을 몰랐다. 출근 시간이라 비슷하게 도착하는 사람들을 보면서 내리려고 하는데 움직일 수 없는 통증이 몰려왔다. 일단 문을 열고 내렸지만 더 이상 발걸음을 뗄 수 없었다. 뒤이어 도착한 미선 샘을 불렀다.

"나, 걷지를 못하겠어. 왜 이러지?"

무슨 일이냐고 묻는 미선 샘이 내게로 온다. 발걸음을 쉽게 떼지 못하는 모습을 보면서 가방을 대신 들고 같이 가려고 하지만 쉽지 않다.

전날만 해도 아침 요가를 하고 집에 와서 아침을 챙기고 출근했다. 교무실이 있는 4층까지 계단을 가볍게 올랐었다. 오늘은 현관 입구까지 가기도 힘겨웠다. 미선 샘이 엘리베이터 카드를 들고 다시 내려왔다. 부축받으며 복도에 설치된 안전바를 잡고 한 발 한 발 발걸음을 옮겼다. 학년말이었다. 수행평가가 한창 진행되고 있었다. 2차 지필평가 원안지 작성도 해야 하고 대학 수학능력 시험장 준비도 해야 하는 바쁜 시기였다. 나는 웬만하면 참고 1, 2교시 수행평가를 마치고 조퇴할 생각이었지만, 시간이 지나면서 점점 더 통증이 심해 졌다. 당장 화장실 가는 것도 큰일이었다. 하물며 복도 끝에 있는 10반 수업은 시작종 치기 전에 출발해도 너무 멀었다. 도저히 거리가 가까워지지 않았다. 평소와 다르게 늦게 들어오는 나를 부르러

화학부장 학생이 교실 문을 열고 나오는 것이 보인다. 어쩔 수 없이 조퇴했다. 여러 사람의 걱정과 도움으로 주차장까지 왔다. 집 근처 병원으로 출발하면서 아들한테 전화했다. 간단하게 정황을 설명하고 삼성병원 주차장으로 나오라고 했다. 미리 나와 기다리던 아들은 차에서 내리지도 못하고 문만 열고 있는 나를 보더니 등을 내민다. 그렇게 아들의 등에 업혀 길 건너 병원에 갔고, 결국 병가를 냈다. 한 달이면 될 줄 알았던 기간은 한 달을 더 연장하면서 겨울방학을 맞이했다.

온종일 누워있으려니 그것 또한 못 할 일이다. 하필이면 개인 저서 출간 다음 날이다. 출간의 기쁨도 잠시, 꼼짝없이 누워있는 신세가 되었다. 갑자기 아무것도 할 수 없는 상태가 되다 보니 마음이 심란했다. 2주에 한 번 병원 가기도 쉽지 않았다. 하필 이럴 때 아파트는 엘리베이터 교체 공사 진행 중이었다. 옆 라인 엘리베이터를 이용하라고는 했지만, 층이 애매했다. 계단을 이용해서 한 발 한 발 내디디며 11층에서 아래로 내려가는 데 거의 20분이 걸렸다. 병원에서도 휠체어에 앉아 이동해야 했다. 집안에서도 목발을 이용하여 움직였다. 내 마음대로 할 수 없는 상황, 도움이 필요한 상황이었다. 해야 할 일들을 하지 못하고 쌓여가는 것을 보면서 조급증과 답답함이 나를 불편하게 했다. 누워있는 것도, 낮잠도 잘 자지 않는 내가 온종일 잠에 취해 낮과 밤 구분 없이 먹고 자고 먹고 자고를 반복했다. 매일, 24시간 침대 위에만 있다는 사실이 나를 초췌하게 만들었다. 모든 것이 영원히 멈춘 듯한 시간이었다. 일주일째를 지나고 있었다.

"자기는 언제까지 일할 거야?" 부부 교사인 은하 샘이 묻는다. 가끔 생각지 못한 질문을 하는 그녀이기에 가볍게 웃어넘겼다. 동년배인 그녀는 아직 정년이 몇 년 더 남아있지만, 더는 하고 싶지 않다고 했다. 이제 딸 결혼도 시켰고 아들 취업도 되었으니, 남편이 정년 퇴직할 때 자신도 함께 그만둘 거란다. 그러면서 나중에 내가 은퇴하면 가격 부담이 덜한 동남아부터 시작해서 몇 달 여유 있게 현지인처럼 살아보자고 한다. 맨날 시간 없다고 하지 말고, 방과 후 수업, 교과 보충수업 열심히 하고 수강료 받은 돈 쓰지 말고 적금 들어놓으란다. 과제연구 강사비 나오면 맛있는 밥 한 끼 사려고 했는데 적금을 들어야겠다는 생각에 피식 웃음이 나왔다.

　이젠 이렇게 함께했던 사람들과도 가끔 연락하고 만나면서 지낸다. 하지만 꽤 오랫동안 그러지 못했다. 학교에서는 알 수 없는 이유로 거리감이 느껴졌고, 집에서는 나의 일거수일투족이 감시당하듯 매사에 지적되었다. 실수나 잘못하는 일이 있으면 "그렇지 뭐"라는 말로, 큰 소리로 말하면 목소리가 크고 시끄럽다는 이유로, 뭐라도 설명하려고 하면 아는 척한다는 말로, 답하지 않고 그냥 있으면 생각이 없는 것 아니냐며 안팎에서 사사건건 태클을 걸어오던 시간이었다. 하고 싶어도 하지 못하고, 하기 싫어도 해야 했던 시간. 그러는 동안 나의 모습에서 '나'는 하나씩 지워지고 사라져 갔다. 두려웠다.

아플수록 더 나를 사랑하자고 마음먹었다. 마음이 아파 황폐해졌을 때도 스스로 나를 다독였다. 지금 또다시 몸이 아파 아무것도 못 하는 상황이 되다 보니 마음마저 피폐해지는 기분이다. 처음 한 달 병가를 신청할 때만 해도 걱정은 되었지만, 곧 회복될 걸 믿었다. 그런데 또다시 한 달 더 연장해야 하는 상황이다 보니 망설여졌다. 잠깐 주춤했지만 이젠 다른 사람보다 '나 자신'을 우선하기로 했다. 교감 선생님께 전화했다. 담당 의사의 "지금 무리하게 움직이면 나중에 장애가 올 수도 있다"라는 소견을 전하면서 한 달 더 병가 연장을 신청했다. 누가 뭐래도 어떠한 상황에서도 '나, 스스로 행복하고, 스스로 사랑하기로 다짐'해 본다. 이럴 때일수록 더욱더 마음을 다잡고 튼튼하게 나만의 뿌리를 내려야겠다는 생각이다.

지금 나는 '닫힌 나'에서 '열린 나'로 마음을 열어가고 있다. 다시 시작이다. 뷰티풀 라이프를 위하여 다시 시작하는 내 나이 60. 어렵고 불편하겠지만, 행복한 불편을 기꺼이 즐거운 마음으로 해내리라는 믿음을 가져본다.

"작은 나는 없다. '나'는 언제나 '큰 존재'임을 잊지 말아야 한다는 사실!"을 떠올리며 기분 좋게 싱잉볼을 친다. 소리가 울려 퍼지듯 '나의 커리어는 현재 진행형이다. 누가 뭐라 해도 나는 스스로 사랑하고 행복할 것이다.'라는 마음 다짐과 함께 길게 퍼지는 맑은소리에 기분도 가벼워진다.

지금 여기, 길은 언제나 내 마음속에서 또 다른 길을 만들며 함께 나아가고 있다. 다시 용기가 솟는다.

4-7 아픔 공부

이은정

　살면서 선택의 순간에 직면한다. 결과는 짧고 과정은 길지만. 그 과정에서 기쁨과 행복을 찾지 못하면 결과가 아무리 좋아도 의미와 가치를 부여하기에 부족하다. 반면 행복이 충만하다면 어떤 결과를 마주하든 아쉬움이 덜 하다. 주변에 정신없이 바쁘게 살아가고 있는 사람들이 많다. 한 번 멈추면 실패인 양 쉬지 않고 달린다. 치열하게 살았던 내 삶을 돌아보니 코끝이 찡하다. 몸과 마음을 살피지 못하고 그저 달리기만 했던 날들.

　대학 가서 치열하게 공부했다. 그제야 철이 들었다. 성적관리, 정기적인 봉사활동, 다양한 아르바이트, 영어 회화, 심지어 일본어 공부까지. 3학년 2학기 때, 일본 문부성 장학금을 받기 위해 시험을 봤다. 긴장과 설렘 뒤에, 희망에 부풀어 있었다. 이메일을 받기 전까지. 열망과 자존감에 직격탄이었다. 자책하며 나에게 질문했다. 무엇이 부족했을까? 모든 노력이 헛된 것이었을까? 불합격 통보는 아팠다. 나의 정체성과 미래 계획에 검은 그림자만 보일 뿐이었다. 받아들일 수 없었다. 그 후 몇 주 동안 나에게 실망스러웠고, 분했고, 슬펐다. 상실감에 빠진 건 압도적이었다. 친구 관계는 소원해지고, 공부도 소홀했다. 당장 뭘 해야 할지 난감했으니까. 몸은 학교를 향했지만, 마음은 허공에 뜬 채 살았다. 재미도, 즐거움도, 의미도 없이 학기를 마쳤다.

그해 연말. 한때 나의 야망을 불러일으켰던 꿈에 의문을 제기했다. 실패에 직면한 첫 경험이었다. 앞으로의 계획뿐만 아니라 나에 대한 믿음도 무너뜨릴 위험에 빠졌기에 중대한 선언을 했다. '까짓거 장학금 받고 못 갈 바엔 국내에서 공부하지 뭐! 대학원에 진학하자.' 성적도 괜찮았고, 원하는 대학 어디든 갈 수 있겠다는 생각이 들었다. 다시 가슴이 뜨거워졌다. 당시엔, 전기와 후기 대학원 시험을 보는 게 관례였다. 서울 모 대학에 원서를 내고 면접을 봤다. 당당하게 면접장을 들어섰건만 면접관의 말, '지방대 출신이 여길 오겠다고요?' 화가 났다. 말이 안 되는 소리지 않은가. 지방대 출신은 서울에 있는 대학원에 진학할 수 없다니. 오기가 생겼다. 다시 한 학기를 빡세게 공부했다. 후기 전형으로 대구대 특수교육과에 합격했다. 최선을 다해 공부하고 연구해서 그들 앞에 나타나리라 이를 갈며.

아뿔싸! 생각지도 못했던 부모님의 반대. 취업하라며 은행에 원서를 넣었다. 일하게 된 이상 일에 몰입하기로 했다. 신규연수, 공제 연수, 여직원 모임 등 역할에 충실했다. 근데, 문제가 생겼다. 여직 원 2명이 왕따를 시키는 거다. 나중에 알았다. 그녀들보다 월급이 많았고, 상사가 시키면 거절하지 않고 'Yes'라고 하는 게 꼴불견이라 고. 한번은 무능한 직원으로 보이고 싶지 않아 나름대로 열심히 일 했는데, 실수한 적이 있다. '왜 물어보지도 않고 마음대로 처리하다 가 이 사달을 내?'라며 면박을 주었다. 그렇다고 질문을 하면, '이런 걸 일일이 다 가르쳐줘야 해?' '……' 정답이 없는 구박에 속상했다. 뭘 해도 욕을 먹으니까. 아무리 노력해도 잘못했다고 하니 무기력해 졌다. 궁극엔 '난 은행에 맞지 않나 봐'라며 스스로 무능하다고 결 론을 내렸다. 심리적으로 무너지기 시작했다. 상황을 벗어나려는 판 단력 역시 흐려졌고 스스로 이겨 낼 힘을 잃어버렸다.

되돌아보니, 내가 진정으로 원하는 것에서 멀리 왔다는 걸 알아 차렸다. 하여, 고통을 받아들였고, 그것으로부터 배우고자 했다. 포 기하지 않고 다시 살아가게 하는 원동력으로 바꾼 거다. 이 모든 경 험은 실패가 아니었다. 내 삶의 한 조각이다. 무엇보다 다시 일어설 수 있는 회복력을 재평가하게 된 결정적인 순간이었다. 넘어지면 훌 훌 털고 다시 일어서면 된다. 물론 아프기도 하겠지만. 하루아침에 씻은 듯이 낫는 상처는 없으니까. 아픔을 견디고, 그로부터 배우고, 더 단단해졌다. 온전히 나에게 집중했다. 즉각적인 실망을 넘어 삶 이 제공하는 무수한 가능성을 포용할 준비를 하며.

이은대 작가의 책 제목처럼, 〈아픔 공부〉라는 말이 딱 맞다. '다른 사람들은 내 상처에 별 관심이 없다.' 그리고 '누군가로부터, 혹은 세상으로부터, 아니면 어떤 실패로 인해 마음에 큰 상처를 입었을 때 가장 먼저 해야 할 일은 상처를 인정하는 것이다.'라는 말에 전적으로 동의한다. 살면서 상처받는 일이 있다. 때로는 그게 상처인지도 모른 채 지나갈 만큼 가벼울 때도 있고, 반면 숨을 쉬지 못할 만큼 감당하기 힘들 때도 있다. 할 수만 있다면 당장이라도 시간을 되돌리고 싶은 마음이다. 그냥 내버려두면 낫는다는 사실을 망각했다. 후회와 한탄은 마음의 상처를 극복하는 데 아무런 도움이 되지 않는다. 오히려 상처를 덧나게 할 뿐. 지나간 일을 들춰내는 건 어리석다. 창피해할 필요도 없고. 이미 지나간 일이기에 내 힘으론 어쩔 도리가 없다. 그저 지금을 부끄럽지 않게 살기 위해서 노력하면 된다.

아픈 것도 습관이다. 누군가 가시 돋친 말로 상처를 주면 반박하지 못한다. 심지어 무분별한 비난까지도 비판으로 받아들였다. 그게 화근이었다. 의미 있는 타인이 아닌데도 모두에게 잘 보이고 싶다는 심리가 작용했던 걸까. 소중한 사람에게 받은 상처를 인정하는 건 여전히 어렵다. 용기가 필요하다. 짜증이나 분노, 원망과 회한 등은 내 마음을 반영한다. '내 잘못일지도 모른다'라는 생각에서 벗어나는 게 먼저다. 그렇다고 과거의 상처, 실패의 쓰라림, 잃어버린 기회의 아픔으로 인해 하루하루를 보내는 게 최선은 아니다. 소중한 내 인생이다. 하찮은 것들 때문에 고통스럽지 않도록 노력한다.

첫째, 위안이 되는 책을 선정하여 문장 독서를 한다. 현재에 나를 고정하는 시간이다. 한 번에 많이 읽지 않는다. 두세 장이라도 매일 읽는다. 천천히 음미하면서. 〈아픔 공부〉의 부제처럼 아프지도 말고 미치지도 말았으면 좋겠다. 과거의 트라우마에 대한 집착, 현재의 갈등, 미래에 대한 불안을 해소하는 데 도움 된다.

둘째, 매일 일기를 쓴다. 생각과 감정을 표현하고 나를 돌아볼 수 있다. 후회에 연연하지 않고, 감사와 알아차림에 초점을 맞춘다. 매일 경험한 좋은 점과 나쁜 점에 대해 기록한다. 때론 목표를 설정하고, 때론 하루 성과를 반영하고, 때론 변화해야 할 사항을 인정하고 기록하는 나만의 공간이다.

셋째, 명상으로 매순간 알아차림을 한다. 밥 먹을 때나, 청소할 때나, 걸을 때나, 심지어 누군가의 말을 들을 때나. 일상 활동에 확장한다. 마주하는 모든 것들을 오감으로 느끼고, 지금 있는 자리에 집중한다. 매일 몇 분 동안의 명상은 현재에 사는 습관을 길러준다. 장담컨대, 과거의 고통과 실패, 미래의 불안과 두려움을 줄여준다.

살면서 넘어질 수 있다. 그러나 포기하진 않을 거다. 경험은 무엇보다 소중하니까. 꼭 무엇을 이루어야만 성공한 인생이 아니다. 아픔을 내려놓으면 지금 있는 이곳이 천국이다. 과거의 아픔에서 벗어나 오늘과 지금을 살면서 매 순간 행복하기를.

"조직 검사를 해 봐야 할 것 같습니다."

멍했다. 심장이 쿵 내려앉았다.

김범석의 〈어떤 죽음이 삶에게 말했다〉를 읽고 있었다. 시의적절(?)한 에세이였다. 저자는 서울대학교 암 병원 종양내과 전문의다. 환자 대부분이 병기가 4기인 경우가 많아, 완치 목적보다는 생명 연장 목적의 항암치료를 받는다. 이 책은 환자와 환자 가족들이 죽음의 과정에서 내리는 선택과 말을 담았다. 죽음을 맞이하는 환자들의 이야기가 소개된다. 앞만 보며 살아왔지만, 가족의 외면 속에서 외롭게 죽음을 맞는 가장, 해묵은 오해를 풀어야 할 동생에게 "내돈 2억 갚아라"라며 유언을 남긴 형, 완치 판정이지만 사회에서 냉대받은 젊은 환자들까지. 언젠가 맞게 될 '죽음'에 대해 자연스럽게 생각할 수 있었다. 책을 읽으면서 드는 생각은 딱 하나였다.

'어쩌다 죽음을 맞이하고 싶지 않다.'

건강검진에서 유방외과 추가 진료를 받아보면 좋겠다고 했다. 귀찮다. 가기 싫다. 멀쩡한 사람도 병원에 가면 아픈 것 같다. 미룰 수 있을 때까지 미루기로 했다. 가기 싫은 마음을 알았는지 마침 일 폭탄이다. 바빠서 못 갔다는 명분도 생기고 얼씨구나 잘 됐다 싶다. 숨가쁘게 종례를 마치고 자리에 앉았다. 핸드폰 스케줄 알람이 뜬다. '유방외과 진료', 마치 끝내지 못한 숙제처럼 영 찜찜하다. 전화라도 해볼까? 유명한 곳이라 예약이 쉽지 않다고 맘 카페 글에서 봤다. 네이버에 검색하니 병원 전화번호가 떴다. 전화 버튼을 눌렀다. 이렇게까지 했는데 안 되면 핑계라도 될 수 있겠지. 통화음이 들렸다. 심장이 미세하게 떨렸다. 카랑카랑한 목소리의 간호사가 받았다. 예약을 확인해 보겠다고 했다. 테이블 위를 검지로 두드리며 중얼거렸다.

'제발 예약이 힘들다고 해줘요.'

"다행이네요. 마침 다음 주에 예약 취소 환자가 있어 가능합니다."

시간표를 봤다. 그날은 6교시까지다. 수업 교체를 한 시간만 부탁하면 가능했다. 우선 예약을 잡았다.

"바쁘실 텐데 죄송합니다."

며칠 후, 불가리스 음료수를 내밀며 선생님들께 종례와 수업 교체를 부탁했다.

누군가에게 부탁하는 일이 좀처럼 마음이 편하지 않다. 종종걸음으로 학교를 빠져나왔다. 2시 30분! 이 시간에 학교 밖에 있다니. 어색했다. 차에 시동을 걸고 교문을 나왔다. 창문을 열었다. 시원한 바람이 훅 들어온다. 가슴이 뻥 뚫린다. 완연한 봄이다. 운전대를 잡고 고개를 쑥 내밀어 올려다봤다. 어느새 벚꽃이 떨어지고 연둣빛 새싹이 보인다. 멜론 차트에 있는 플레이리스트를 뒤졌다. '봄에 들으면 좋은 노래' 재생 버튼을 눌렀다. "벚꽃 엔딩"이 흘러나왔다. 콧노래를 흥얼거렸다. 고개도 까닥였다. 누가 보면 소풍 가는 줄 알겠다.

신학기 3월은 잔인했다. 봄을 제대로 대접해 주지 못했다. 매일 매일 폭풍이었다. 정신없었다. 5교시까지 화장실을 가지 못한 날도 있었다.

'찰나구나.'

봄을 느끼기도 전에 훅 가버렸다. 벚꽃은 이미 져서 도로에 흩날리고 있었다.

늦지 않게 병원에 도착했다. 이름을 말하고 접수했다. 환자들이 검사용 가운을 입고 대기실에 앉아 있다. 대기실 분위기는 엄숙했다. 활기가 넘치던 병원 밖 풍경과 사뭇 달랐다. 간호사의 안내로 보라색 가운으로 갈아입고 기다렸다. 관심도 없는 종이 신문을 뒤적거리며 시간을 보냈다.

"이은희 님!"

침을 꼴깍 삼켰다. 어두컴컴한 검사실에 들어갔다. 침대에 누웠다. 간호사는 검사받기 좋은 최적의 자세를 알려주었다. 모니터 쪽으로 당기라고 하길래 당겼다. 살짝만 아래로 내려오라고 하길래 아주 조금만 내려갔다. '말 잘 들으면 결과도 좋겠지'라는 마음으로. 남자 원장이 들어왔다. 의료용 젤을 짜고 가벼운 압력을 주며 여기저기 살폈다. 회색빛 모니터에는 유방 조직이 그림자로 번갈아 가며 움직였다. 의사는 몇 가지 이미지를 따로 촬영하는 듯했다. 졸렸다. 눈을 감았다. 아들 생각이 난다. 치즈피자를 먹고 싶다고 했던 게 떠올랐다.

어느새 검사가 끝나고, 가운을 벗고 기다렸다. 다시 내 이름이 호명됐다. 노크하고 들어갔다. 원장님은 노트북을 보고 있었다. 몇 초 정적이 흘렀다. 모니터를 돌려 화면을 보여주었다.

"이건 물혹이라 신경 쓰지 않아도 됩니다. 다만 이쪽이 ……."

침을 꼴깍 삼켰다.

"오신 김에 조직 검사하고 가시죠."

"……."

모양이 좀 신경이 쓰인다며 확실하게 조직 검사를 해보자고 했다. 손에 땀이 찼다. 다시 검사용 침대에 누웠다. 잠은 오지 않았다. 눈을 감았다.

'일찍 끝날 줄 알고 피자 사 간다고 했는데. 우리 아들 기다리고 있을 텐데…….'

조직 검사는 일주일 후에 나온다고 했다. 주차장을 빠져나와 다시 도로 위를 달렸다. 바람이 불 때마다 벚꽃이 우수수 떨어졌다. 피자 가게를 들러 아들이 좋아하는 '치즈피자'를 샀다. 피자를 들고 다시 차에 올라탔다. 치즈 냄새가 차 안에 퍼졌다. 오늘이 마지막 날인 것을 알게 된다면, 어떤 기분일까? 아마도 혼란스럽고 놀랄 것이다. 그런데도 답은 딱 하나다. "만끽하며" 그날 하루를 살아갈 것이다. 내게 주어진 삶을 최대한 경험하고, 소중한 순간을 주의 깊게 간직하면서 ……. 일주일 후, 조직 검사는 다행히 정상이었다. 혹여 오늘이 마지막이라고 해도 일상은 별반 다를 것 같지 않다. 시끌벅적한 교실에서 학생들과 쓸데없는 농담 섞으며 수업하고, 지각하는 학생에게 내일은 지각하지 말자며 잔소리하고, 쉬는 시간 동료들과 함께 차를 마시며 수다를 나눌 것이다. 휘날리는 벚꽃을 보고 잠깐이나마 계절을 느끼고, 저녁이 되면 가족이 한데 모여 무탈한 하루에 감사할 것이다. 인생은 찰나다. 어쩌다 죽음을 맞이하고 싶지 않다.

4-9 내 인생, 나만의 의미를 찾아서

임주아

〈인생 수업〉에서는 무엇을 배우고, 무엇을 위해 살고, 무엇을 사랑할 것인가? 엘리자베스 퀴블러 로스가 던진 질문이 묵직하다. 인생은 하나의 수업이고 우리가 얻어가야 할 것이 무엇인지, 인생에서 필요한 열 개의 주제로 구성했다.

저자는 병마와 싸우고 죽음을 앞둔 그들에게 매달려서라도 진실을 배워야 한다고 했다. 영원히 살 것처럼 굴지만 우리의 끝은 정해진 여행과 같은 것이라고. 언제까지 그렇게 살아선 안 된다고 말이다. 저자 역시 죽음을 앞두고 투병하며 이 책을 썼다.

삶의 배움을 얻는다는 것은 삶을 완벽하게 만드는 것이 아니라,
있는 그대로의 삶을 받아들일 줄 알게 되는 것입니다. (p.19)
사랑은 언제나 우리의 삶 속에, 모든 아름다운 경험 속에, 때로

는 비극 속에 존재합니다. (p.60)

두려움을 당신 삶의 변함없는 일부로 만들어서는 안 됩니다.
(p,164)

게임 자체를 심각하게 생각하는 사람과 게임 해본 일이 있을 것
입니다. 그러면 재미가 없습니다. 우리의 삶도 마찬가지입니다.
(p.193)

사람들은 대부분 행복해지는 데 필요한 모든 것을 가지고 있으
면서도 그다지 행복하지 않습니다. (p.256)

나는 내 인생에서 적당히 최선을 다하고, 적당히 노력하고 살았다
고 자신했다. 현재에 충실히, 게으름도 충실히, 일할 때도 충실히 살
아서, 나 나름대로 최선을 다해 살았다고 믿었다. 남들보다 좀 더
고생했으니, 어쩌면 인생의 의미를 조금 알 것 같다며 인생 총량의
법칙이 어쩌니저쩌니 자만했다. 그러나 〈인생 수업〉을 읽고 정신이
번쩍 들었다. 나는 바보였다.

내 인생. 나만의 의미를 찾아서

결혼만 하면 무슨 일이든 다 잘될 거라 믿었다. 백마 탄 왕자님을
기대한 건 아니지만, 그래도 일부분 나의 어려움을 함께 나누고 내
이야기에 귀 기울여줄 사람을 찾았다고 생각했다. 남편도 나에게 그

런 기대를 걸었었는지, 우리는 무참히도 서로의 기대를 저버렸다. 서로 자기 삶을 바로잡아 줄 거란 기대가 화근이 됐다. 친부모에게도 버려진 나는, 세상에 일방적인 관계는 없다는 걸 미리 눈치챘어야 했을지도 모른다. 동화 속에 나오는 왕자와 공주의 '그들은 결혼하여 행복하게 살았답니다!'라는 결론이 참 무책임하다는 것을 현실로 체험했다.

책 읽다가 큰 착각에 빠졌다는 것을 알았다. 내가 나를 사랑하지 않는데 타인이 나를 사랑해 줄 수 있겠냐는 흔한 말을 충분히 이해했다고 착각했다. 의지할 누군가를 찾는 대신 자신을 믿고 스스로 사랑해야 한다는 것, 나만이 나를 구할 수 있다는 것을 머리로는 이해했지만, 와닿지도 않았고 가슴으로 이해하지도 못했다. '내 배가 물에 뜨지 못한다면 아무도 나와 함께 물을 건너려 하지 않을 것이다'라는 속담이 있단다. 뒤통수를 맞은 듯했다. 스스로 떠오르지 못해 나를 책임질 수 없을 뿐 아니라, 주변 사람까지 힘들게 했다는 사실을 몰랐다. 나는 홀로 떠올라야 했었다. 그래야 다른 사람과 함께 할 수 있는 것이다.

불우한 환경에서 억척같이 이겨 내며 자신을 믿고 살아온 시간이 있으니, 앞으로는 무조건 잘 될 걸로 생각했다. 좋든 싫든 그 과정을 모두 겪어냈으니, 그것만으로 나에게 큰 의미가 있을 거라고 말이다. 내가 겪은 일들은 어떤 배움을 주려고 일어난 일이고, 그것을 통해 무엇을 깨달았는지를 정확하게 알아야 했다. 이제부터라도 되짚어 공부하기로 했다.

작가가 되면서 시각이 달라졌다. 하루아침에 변했다 할 수는 없지만, 나에게 일어나는 일들을 어떻게라도 긍정적으로 바라보게 되었다. 내가 불우한 환경에서 자라지 않았다면 나의 경험으로 다른 사람을 돕겠다는 작가가 되고 싶었을까? 마음 어려운 사람들에게 희망을 잃지 말라고 책을 썼을까? 어떤 사건이 있을 때 다른 사람의 입장을 생각이나 해봤을까? 등등 이전과는 보는 눈이 달라졌음을 느낀다.

인생이 순탄하게 흘러갔으면 좋겠지만, 또 너무 조용하고 안일해도 재미없는 인생이라 한다. 이런저런 피곤한 일이 생기면 평화를 원한다며 떠나고 싶다 말하지만, 막상 아무 일도 없이 지내면 '뭐 재미없는 일 없나?' 무료하기까지 하다. 그런 이유에서 내 인생은 사건 사고로 다채롭다. 글 쓰는 작가로서 다양한 글감이 있으니 이 얼마나 감사한 일인가.

인생. 죽음이 우리를 떼어놓지 않는 한, 잠시 쉬어가도 멈추지는 않는다. 쓰러질 순 있어도 끝나지는 않는다. 사람이라면 죽음 앞에 자유로울 수는 없다. 오롯이 자기 삶을 통찰해야 한다.

인생에서 무엇을 배웠는가.
인생에서 무엇을 위해 살았는가.
인생에서 무엇을 사랑했는가.

저자의 생각처럼 생의 마지막 순간에 간절히 원하는 그것들을, 그 순간이 오기 전에 미리 알았으면 좋겠다. 내 생이 끝나기 전에 삶 속에서 계속 찾아보려 한다.

배움을 얻는다는 것은 다른 사람이 아닌 자기 자신의 인생을 사는 것을 의미합니다. 갑자기 더 행복해지거나 부자가 되거나 강해지는 것이 아니라, 세상을 더 깊이 이해하고 자기 자신과 더 평화롭게 지내는 것을 의미합니다. 아무도 당신이 배워야 할 것이 무엇인지 알려줄 수 있는 사람은 없습니다. 그것을 발견하는 것은 당신만의 여행입니다. (〈인생 수업〉 p.19)

내 인생, 나만의 의미를 찾는 여행을 즐기려 한다.

하나의 문이 닫히면
또 다른 문이 열린다

최주선

고통이 24시간 내내 똑같은 강도로 지속되는 것은 아니다. 고통
과 고통 사이에 조금은 덜 아픈 시간이 분명히 있다. 그래서 나
는 그 시간을 기다렸다. 고통이 조금 수그러드는 시간을 기다리
고, 약을 먹어서 움직일 수 있는 상태가 되기를 기다렸다. 그리
고 아픔이 덜해 움직일 수 있거나 약기운으로 걸어 다닐 수 있
을 때는 그 시간에 할 수 있는 일들을 했다. 밥을 먹고, 운동을
하고, 산책을 나가고, 장을 보러 가기도 하고, 친구와 수다도 떨
면서 말이다. 그래서 나에게 기다림은 언젠가부터 희망이었다.
- 〈만일 내가 인생을 다시 산다면 중에서〉, 김혜남

산에 가서 이어팟을 귀에 꽂고 열심히 걸었다. 오디오에서 나오는
성우의 목소리에 내 걸음 속도를 맞추며 함께 호흡하고 있었다. 산

책하며 듣는 김혜남 저자의 문장은 내 몸에 와서 착 붙었다. 책 속의 〈딱 한 발짝만 내디뎌 볼 것〉에서는 파킨슨병의 증상에 대해서 낱낱이 나온다. 그 내용이 아직도 머릿속에서 떠나질 않는다. 파킨슨병 환자는 소변이 금방 마렵다고 한다. 밤에 자다가도 화장실을 자주 가는데, 다리가 떨어지지 않아 몸의 균형을 잃고 꽈당 넘어질 뻔했다는 장면이 나온다. 평소 2초면 갈 수 있는 화장실에 5분이 넘어서야 도착했다는 사실과 그렇게 힘들게 간 길, 바지에 실수하지 않고 변기에 앉아서 소변을 볼 수 있어서 감사하다는 부분이 나온다. 이 장면을 읽으면서 나는 작가가 바지에 실수하고 자괴감에 빠질까 봐 염려했다. 작가는 이미 다 겪어내고 글로 풀어낸 것인데 나는 작가의 당시 마음을 넘어다보며 감정이입이 하고 있었다.

'아, 한 발짝이구나.'
지금 있는 자리에서 발을 쳐다보면서 일단 한 발짝을 떼는 것 그것이 시작이며 끝이다.

자신이 쓰러진 그 자리에서 좌절하지 않고, 지금 당장 딱 한 발짝만 내디디면 된다는 교훈을 나누어준다. 약의 힘을 빌려 하루 중 약 2시간 정도만 자유롭게 움직일 수 있기에 종일 그 시간을 기다린다고 했다. 그마저도 더 줄어들지도 모른다는 염려 속에서도 그 시간 동안 자신이 하고 싶은 일을 한다고 말한다. 그 대목에서는 내 걸음에도 동시에 활력이 도는 것 같았다.

소변 이야기를 듣다가 생각났다. 둘째 다엘을 낳고 조리원에 있을 때 나는 세상 수치스럽고 힘든 시간을 지나왔다. 자연분만 후 조리원에 몸조리하러 들어간 첫날이었다. 급하게 소변이 마렵다고 느껴 거실에서 방으로 걸어가는 동안 내 의지와는 전혀 상관없이 소변이 가랑이 사이로 다 쏟아져 나왔다. 출산 후유증이었지만, 근육이 다시 제자리로 돌아와 제 기능을 하기까지 약 1주일간 그렇게 하루에도 몇 번씩 바지를 갈아입어야만 했다. 아직 몸에서 산후 노폐물이 더 나와야 하기에 기저귀보다 큰 오로 패드(분만 후 자궁에서 배출되는 분비물을 위해 착용하는 패드)를 착용했지만, 갑자기 쏟아지는 소변에는 큰 도움이 되지 못했다. 내 몸뚱이 하나 마음대로 할 수 없다는 사실에 수치와 좌절이 가득했다. 바로 산부인과에 내원해 필요한 약과 운동 처방을 받았다. 매일 약을 먹고, 틈나는 대로 운동했다. 아기에게 모유를 먹이고 만나는 시간을 제외하고는 내 몸만 생각했다. 시간이 지나면서 증상은 완화되었지만, 1주일이 내게는 한 달 같았다. 당시 함께 산후 조리하던 엄마들에게 내 상태를 이야기할 때는 부끄러운 것보다 나의 이 당황스러운 상황과 비슷한 사람은 없는지, 이 상황에 대해서 해결할 방법은 없는지를 더 찾고 싶었다. 어떻게든 그 상황에서 빨리 벗어나고 싶었다. 얼마나 창피했는지, 지금 찬찬히 그때의 감정을 더듬어 보면 당황스럽다는 말로는 표현하기도 모자란 감정이었다. 여자로서도, 한 인간으로서도 내 삶이 망가진 것 같은 그 당혹스러운 상황을 감당하기가 힘들어 눈물이 왈칵 쏟아졌다. 심지어 나는 생명을 낳는 위대한 일을 했는데, 왜 이런 시련을 겪어야 하는지, 괜스레 출산이 후회됐다. 아이를 낳은 후유증으로 소변을 조절해 주는 근육이 약해졌던 거였다. 치료하면 된다고 생각했지만, 왜인지 평생 이러면 어쩌나 싶은 두려움도 잠시 있었다. 증상이 호전되고 얼마 후 나와 비슷한 증상이 있는 산모를 만나게 되었다. 내 경험을 이야기하면서 토닥거려 줄 수 있었다. 금방 지나갈 거라는 말 대신 내가 느꼈던 수치심보다 덜 했으면 좋겠다는 생각으로 내가 얻게 된 정보를 모조리 공유했다. 나의 실수와 시련으로 타인을 도울 수 있었다는 생각에 뿌듯한 마음마저 들었다.

일주일 아니 한 달, 아니 자그마치 22년이다. 남은 평생 증상이 완화되는 게 아니라 점점 악화하는 상황에서 저자는 인생을 어떻게 이리도 긍정적으로 살 수 있을까 싶은 생각에 존경이 흘러나왔다. 남은 인생 비탄과 슬픔 속에서 사느니 긍정적으로 사는 게 천만번 낫겠지만, 매일 찾아오는 고통 속에서 그게 쉽게 될까 싶다. 감히 상상조차 할 수 없는 저자의 고통 무게를 나는 평생 느껴본 적이 없다. 나는 고작 1주일이었는데⋯. 그저 내 인생에서 가장 힘들었던 출산, 당시 천국과 지옥을 세 번이나 오갔음에도 지나고 나서 보니, 파킨슨병을 22년 넘도록 앓고 있는 김혜남 작가의 고통에 비할 바인가 싶은 생각마저 든다.

의사로서 파킨슨병이 얼마나 고약한지 너무나도 잘 알기에 이제는 자신의 인생이 끝났다고 생각했단다. 천천히 병들어 갈 거고 아무엇도 하지 못하게 될 거라고, 저자의 인생은 끝났다고 포기할 법도 했다. 그러나 그게 끝이라고 생각하지 않았다. 아직도 움직일 수 있는 날들, 살아갈 날들, 그리고 할 수 있는 일이 많이 있음에 해야 할 일을 하고, 먹을 것을 먹고, 가야 할 곳을 갔던 김혜남 작가의 모습에서 인생을 대하는 태도를 배웠다. 하루 고작 2시간밖에 못 움직이는 처지에서도 자신은 '투 아워 우먼'이라 칭하며 유머로 자신의 결핍을 승화시킨다. 책을 읽으면서 마음에 와닿는 숱한 문장이 있었다. 무엇보다 누구보다 열심히 살아온 자신에게 남은 인생 십자가처럼 무거운 자기 몸을 이기고 살아가야 하는 인생을 대하는 작가의 마음과 태도에 감탄했다. 쓰러졌지만, 그녀는 쓰러지지 않았다. 사는 날까지 주어진 시간 속에서 할 수 있는 일이 있음에 감사하고 그 시간을 누린다. 각자에게 찾아오는 시련과 슬픈 정도는 타인의 슬픔과 시련에 비교할 수 없다. 삶의 무게는 누가 저울로 잰 듯 네가 더 무겁니, 내가 더 무겁니 할 수 없는 노릇이다. 그저 누구에게나 그 순간이 어서 지나가기를, 무사히 그 순간을 이겨 내기를 바라는 마음이 아닐까 싶다.

시간은 흐른다. 고통의 순간도 반드시 지나간다. 시간이 흐름에 따라 고통의 정도도 서서히 사그라든다. 고통의 정도가 사그라지지 않았음에도 괜찮게 느껴진다면, 어쩌면 그 고통에 무뎌진 게 아닐까 싶다. 익숙해지려고 애썼을지도 모를 일이다. 익숙해진다는 게 꼭 좋은 것도 나쁜 것도 아니라는 걸 살면서 깨닫는다. 그러나, 모든 것에는 시작이 있으면 끝이 있다. 언제나 그랬다. 끝나지 않을 것 같고, 지나가지 않을 것 같은 순간마저도 이내 지나갔다. 지금처럼 지나고 나니 어떤 일이든 하나의 문이 닫히면 다른 하나의 문이 열린다는 걸 살면서 배운다. 저자의 기록과 맥이 통하는 내 생각을 확인하면서, 나의 인생에 어떤 그림자가 와도 이것 붙잡고 버텨나가면 되겠다는 생각이 든다.

"하나의 문이 닫히면 또 다른 문이 열린다."

김단비

누구나 두려움을 마주하는 순간을 겪는다. 이때 에세이를 읽으며, 모래처럼 흩어질 것만 같은 생각들을 다시 모아볼 수 있었다. 글쓰기와 독서를 통해 생각을 변화시키고 성장하는 과정을 경험하였다. 나만의 목소리를 찾아 진솔하게 타인과 소통할 수 있게 되었다. 두려움 속에서 시작된 글쓰기가 점차 제 삶에 큰 의미를 부여하며, 이제는 '라이팅 코치'라는 직업을 갖게 되었다. 마음이 힘들 때 에세이를 펼쳐보자. 작가의 글을 함께 나누어 보면, 어느새 마음의 상처에 새살이 솔솔 돋아나 있을 거다.

김혜련

삶의 방향을 잃어버렸을 때, 메시지 같은 책이 왔다. R 교수님이 선물한 책이다. 에세이 제목만으로도 다독임을 받은 기분이었다. 충분한 힘을 얻었다. 법적 분쟁 위기를 마주한 친구에게 똑같은 책을 전했다. 끼니를 챙기듯 마음도 잘 챙겼으면 하는 바람이었다. 독서 모임에서 선정 도서로 이 책을 다시 만났다. 다양한 생각으로 감성을 깨우는 나만의 이야기를 발견했다. 책이 들려주는 소리에 귀 기울이며 삶의 태도를 배웠다. 에세이는 우리 자신을 이해하는 일상의 깨달음이었다.

백란현

책이 쌓여있는 공간. 내 방, 내 교실에서 머무는 시간을 편안하게 생각한다. 집 이사할 때 책 때문에 10톤 견적이 나왔으며, 신학기 준비로 교실을 옮길 때도 책 짐이 가장 많았다. 그러나 읽는 습관이 몸에 배지 않았다. 에세이를 쓰기 위해 '에세이'를 읽었다. 집필하면서 선정한 책 네 권 외에도 다른 책도 꺼내 읽는 중이다. "좀 더 일찍 책을 읽을 걸 그랬어. 하지만 모든 것을 다 놓친 것은 아니야." 〈행복한 청소부〉에 이러한 문장이 나온다. 지금부터 읽기 시작이다. 이후 공저자가 소개한 에세이도 읽을 예정이다.

변지선

내 이야기를 처음 썼다. 40년 동안 잊고 있었던 어릴 때 기억이 계속 떠올랐다. 아홉 살, 취미 칸을 채울 때 난감했던 그 기억을 떠올리다니. 글쓰기의 힘이다. 내가 사는 지금 모습이 떳떳하지 못하다고 자책했다. 어떤 삶이라도 행복해야 한다는 메시지를 쓰면서 사랑받았던 기억을 찾았다. 책에서 위로받는다. 책을 읽고 글을 쓰면서 괜찮은 사람이 되어간다. 사랑을 베풀고, 남을 배려하는 방법을 배운다. 내가 받은 위로와 응원을 다른 누군가에게 따뜻하고 날카롭게 돌려주고 싶다. 나는 오늘도 글쓰기를 한다.

서한나

독서법을 배우고 난 후, 5년째 책을 읽고 있습니다. 꾸준히 읽다 보니 좋아하는 책이 생겼습니다. 책 읽으며 마음에 드는 문장 만납니다. 발견한 문장을 밑줄 긋거나 베껴 씁니다. 생각도 끄적여 봅니다. 책을 읽으며 내 마음이 단단해집니다. 그렇게 마음에 새긴 문장 하나. 하루를 살다 기억납니다. 마음의 위로가 되고, 잠깐의 쉼이 되기도 합니다. 독서해서 다행입니다. 떠오르는 문장이 있어 오늘도 살아갈 힘을 얻습니다.

오정희

힘든 지난 시간을 잘 견뎌온 지금, 포기하지 않은 노력의 시간이 오늘의 나를 응원하고 있음을 본다. 이제 내 삶의 이야기로 새로운 시작을 힘들어하는 사람들에게 위로를 건넬 수 있는 '향기'와 '용기'를 지닌 사람으로 다가가려고 노력한다. 아무것도 아닌 지금은 없기에 주어진 오늘 하루에 최선을 다하려고 애쓴다. 포기하지 않으면 최고의 기회가 찾아온다는 용기와 희망을 전하며 라이팅 코치로서의 삶에 도전한다. 뷰티풀 라이프! 다시 시작하는 삶이다.

이은정

　책은 나의 분신이다. 연구만 하던 나에게 에세이는 쉼터였다. 소소한 에피소드 모음집이 아닌 탐구의 여정이었고, 생각의 반영이었으며, 떠오르는 걸 그려 볼 수 있는 시간. 열린 마음으로 오롯이 수용하다 보면, 시야가 넓어지고 지금의 삶을 경이롭게 마주한다. 살아갈 이유를 찾은 거다. 에세이처럼 산다는 건, 호기심을 자극하고 삶의 다양성과 성장을 포용한다는 것이다. 단언컨대 의미 있는 순간, 회복력이 있는 일상, 변혁적인 삶의 태도를 장착하게 도와준다. 내 운명의 주인이자, 내 영혼의 선장으로 살도록!

이은희

　한때, 답이 없는 고민과 걱정으로 버거울 때가 있었다. 그때 우연히 읽은 한 편의 에세이는 잊고 살았던 소중한 것들을 다시 발견할 수 있게 해주었다. 행복은 선택할 수 있다는 것, 지금 이 순간이 소중하다는 것 그리고 작은 것에 감사해야 한다는 것. 에세이처럼 살아가는 것은 쉽지 않을지도 모른다. 하지만 그 작은 말 한마디가 나를 조금씩 변화시켰다. 티 나지 않게 조금씩 성장하고 있는 나를 응원한다. 에세이처럼 살고 싶다.

임주아

실제 인생에서 겪은 지혜와 정보를 공유한다는 점에서 우리는 에세이와 가깝게 지내야 한다. 내 책장에 꽂혀 있는 책의 절반 이상이 에세이다. 누군가의 지혜가 나와 함께했다. 혼자만의 생각으로 고집부리지 않고 책을 통해 세상을 이해하고 경험할 수 있어 고맙다. 에세이 주인공처럼 지혜롭고, 성숙하고 싶다. 마음은 나누면 나눌수록 커진다고 믿는다. 정신없이 빠르게 지나가는 일상에서 휴식 같은 사람이 되고 싶다. 경험과 마음을 나누는 친구 같은 작가이기를 꿈꾼다.

최주선

읽었던 에세이 중 4권을 골라 독자에게 추천하며 내 이야기를 쓰려니 긴장되었다. 내가 추천할 책에 책임 의식이 느껴졌다고나 할까. 주제에 맞는 책을 골라 다시 들춰보았다. 작가의 삶과 내 삶의 공통점을 찾아 나의 경험을 기록했다. 공동저서 각 장의 주제는 분명 다른데, 관계에 관한 이야기가 주를 이뤘다. 결국, 인생은 누군가와 함께 더불어 사는 게 전부가 아닌가 싶었던 순간이었다. 내가 책을 읽은 후 나누고, 글을 쓰는 이유도 더불어 살려는 방법이라는 것을 확신하게 되었다. 그래서 오늘도 읽고 쓴다.